双葉文庫

書き下ろし 長編フェチック・エロス

女神のしずく

睦月影郎

目次

女神のしずく

第一章　謎の勾玉《まがたま》でパワー増大

1

「ああ、そっちは危ないから行かないでね」

庭で昼食中の工事の人たちが、祐馬《ゆうま》に言った。

子供に話しかけるような言い方をされ、確かに童顔の小柄であるが、浪人とはいえもう十八歳である祐馬は少し傷ついた。

ここは青梅《おうめ》山中にある、祐馬の父親の実家であった。次男である父親は、すでに八王子《はちおうじ》に一軒家を持っていて、祐馬も小学生の頃は夏冬の休みに、必ずここ祖父母の家に遊びに来ていたものだった。

それが一昨年に昨年と、相次いで祖母と祖父が死に、今回この懐かしい旧家が取り壊されることになり、それで祐馬は見に来て、あちこち写真を撮っていたのである。

この家の長男、祐馬の伯父《おじ》一家も、すでに都内のマンションに住んでいた。形見分けも終わり、今日は取り壊しの様子をデジカメで撮り、あとで父に見せようと思っていた。

父親も、ここで生まれ育ったので、逆に取り壊しの様子は寂しいらしくて来なかったが、あとから画像は見たいようだった。

伯父一家もおらず、いるのは取り壊し業者と祐馬だけだった。

すでにめぼしい家具などは売り払い、細かな生活のがらくたなどはそのまま放置して、業者が瓦礫《がれき》と一緒に片付けるらしい。

平屋だが広い屋敷で、庭には土蔵や小さな神社の祠《ほこら》もあった。

しかし、鑑定団に出すような値打ちものの骨董品《こっとうひん》などはなく、あっても全て伯父が処分してしまったようだ。

だが祐馬が瓦礫に近づいたとき、壊れた祠の中に何かを見つけたのである。

「済みません。ちょっとだけ」

祐馬は業者に言って瓦礫に近づき、祠の中にあった小箱を取り出した。

「まだ何かあった？」

「ええ、記念に持って帰ります。ではこれで」

業者に言われ、祐馬は答えて木の小箱をバッグに入れ、もう一度瓦礫の周囲を見回してから敷地を出たのだった。

そしてバス停まで歩きながら、木箱を取り出してみた。

十センチ四方ぐらいの薄い古びた箱で、表には何も書かれていない。

蓋《ふた》を開けると、中には綿《わた》が敷かれ、一個の勾玉《まがたま》が入れられていた。

穴が開いて、綺麗なカーブを描いた勾玉は、長さが三センチほど。色は、うっすらと青みがかった白だが、日に透《す》かして見ると、中に一ミリほどの小さな赤い玉が見えた。

そして蓋の裏には毛筆で字が書かれ、くずし字で読みにくいが、辛《かろ》うじて「めの神のしづく」と読むことが出来た。

(何だろう。値打ちものかな……)

祐馬は思い、また蓋を閉めてバッグにしまった。祠の中は調べただろうから、あるいは中の天井裏などに隠されていたのかも知れない。

と、そのとき一台の車が脇を通りかかり、停《と》まって窓が開けられた。

「あの、星野《ほしの》さんの家の人ですか?」

訊《き》いてきたのは、何と一人の美しい巫女《みこ》ではないか。

長い黒髪に、きりりとした目鼻立ち、眉《まゆ》が濃く凜然《りんぜん》とした美女であるが、二十代なのか三十代なのか、あるいは四十を過ぎているのか、まだ世間も女体も知らない祐馬には分からなかった。

「はい、孫の星野祐馬です」

「私は天堂玲香《てんどうれいか》、月見《つきみ》神社のものです。では、もう取り壊しを？」

彼女、玲香が言った。あるいは星野家の庭に祠を建てるとき、世話になった神社なのかも知れない。

「ええ、もう全て瓦礫の山です。母屋《おもや》も土蔵も祠も。今いるのは解体業者だけですが」

「そうですか……。では行っても仕方ないか……」

玲香は俯《うつむ》き加減に言い、やがて顔を上げた。

「乗りますか？　駅まで行くなら」

「はい、助かります」

言われて、祐馬も顔を輝かせて答えていた。

ここらのバスも、一時間に何本かあるだけで、かなり待つことを覚悟していたのである。

それに美女とドライブできるなら嬉しい。

助手席に回り込んで乗り込むと、玲香は白い衣《ころも》に朱色の袴《はかま》。それが運転しているのだから、何かアンバランスでおかしかった。

ドアを閉めてシートベルトを締めると、室内には生ぬるく甘ったるい匂いが籠《こ》もっていた。

玲香は車をスタートさせ、途中でUターンして元の道を引き返した。

「月見神社から、うちの社は分祀《ぶんし》されたのですか？」

「ええ、江戸時代の後期、もう二百年以上前にうちの先祖が立ち会って建てたようです」

訊くと、玲香が軽やかにハンドルを繰《く》りながら答えた。

「そんなに前から……」

「ご神体は月夜見《ツクヨミ》の神。祠の中に小さな丸い鏡があったでしょう」

「ええ、それは伯父が保管したようです」

「星野家の先祖は刀鍛冶《かたなかじ》で、うちの社に宝剣を奉納《ほうのう》したのが縁の始まりと聞いています。昔、青梅山中に落下してきた隕石《いんせき》で作った刀」

「へえ……、今もそれは？」

祐馬は興味を覚えて訊いた。彼は古典や日本史が好きで、大学もそちら方面に進みたいと思っていたのだ。

隕石から抽出《ちゅうしゅつ》した隕鉄《いんてつ》で作る刀を流星刀《りゅうせいとう》と言い、有名なところでは幕末の榎《えの》本武揚《もとたけあき》が所持していたらしい。

もちろん星野家が刀鍛冶をしていたのは江戸時代から明治初期にかけてで、以後は製鉄会社に勤務し、先頃死んだ祖父は工場長まで勤め上げた。そして伯父と祐馬の父親は、ごく普通のサラリーマンだった。

「あります。何かそちらに、隕石にまつわるものはありましたか？」

「いえ、父に訊かないと分からないけど、特に何も言ってませんでした。あ、さっき祠から、これを見つけましたけど」

祐馬は言って、膝《ひざ》に載《の》せたバッグを開けて小箱を出した。

「勾玉が入ってます。女神のしずくって書かれてました」

「えッ……！」

言って小箱を見せると、玲香は激しく反応して声を上げ、思わずハンドルを切り損なった。冷徹に見える玲香が運転をミスをしたのだから、相当な動揺だったのだろう。

慌てて切り返したが間に合わず、車の左前輪が側溝《そっこう》に嵌《は》まり込んでしまった。

祐馬は、急いで小箱をしまい、激しい衝撃に耐えながら右手を伸ばして玲香の身体も守っていた。自分でも、なぜ咄嗟《とっさ》にそんな冷静な動きが出来たのか分からなかった。

「ご、ごめんなさい……」

エンジンが止まり、玲香が息を弾《はず》ませて言った。

「怪我《けが》はない？」

「ええ、大丈夫です」

祐馬はシートベルトを外して答え、ドアを開けて外に出た。側溝を跨《また》いで草の中を迂回《うかい》し、正面から車を見たが、完全にタイヤが落ち込み、クランクで持ち上げなければいけないようだ。

すぐに玲香も出て来たが、自分の手に負《お》えないというふうに嘆息《たんそく》した。

「業者を呼ばないと」

「待って、何とかなるかも」

言う玲香に答え、祐馬は車に近づいて屈《かが》み込んだ。そして両手をバンパーの下にかけて持ち上げたのである。

すると、難なく車が浮いて、前輪が溝《みぞ》から出て着地したではないか。

「まあ……！」

玲香が息を呑《の》み、祐馬は自分でも驚いていたが、何となく持ち上がる気がしたのだった。

「さあ、行きましょうか」

「あ、あなた、どうしてそんな力が……」

「分かりません。スポーツは苦手で、高校時代は日本史サークルでしたから」

祐馬が答えて乗り込むと、玲香も呼吸を整えて運転席に座った。

エンジンは難なくかかり、今度は玲香も注意深く運転をはじめた。

「さ、さっきの勾玉、良く見せて。いいえ、運転に差し障《さわ》るから、これからうちに来て」

「はい、構いません」

言われて、祐馬も頷《うなず》いていた。どうにもさっきから身の内に力が漲《みなぎ》り、何でも出来そうな気持ちになっていたのだ。

今度は玲香も慎重に運転し、駅ではなくさらに山の奥へと車を走らせ、やがて月見神社に着いたのだった。

山中の鄙《ひな》びた神社で、境内《けいだい》は閑散《かんさん》としていた。

本殿《ほんでん》があり、横に社務所《しゃむしょ》、その裏に母屋があるようだ。あとで聞くと、玲香は独身。神社は彼女の妹が養子を取って継《つ》いでいるらしい。

玲香は、巫女をしながら離れに住み、神秘学や郷土史の本を書いているようだった。

祐馬は、彼女の住む離れに招かれ、あらためて小箱を出して見せてやった。

2

「女神のしずく……、すごいわ。言い伝え通り……」

玲香が、勾玉を手に取って見ながら呟《つぶや》き、目を輝かせていた。

祐馬は、彼女の部屋に籠もる甘い匂いに陶然《とうぜん》となっていた。ここは完全に母屋から独立し、一切の干渉をされない離れになっているようだ。

現代的なキッチンやバストイレもあり、和室を想像したがリビングにはソファもあり、奥にはベッドも見えていた。そして所構わず夥《おびただ》しい本が積まれ、玲香の学識の高さが窺《うかが》えた。

棚にはトロフィーもあり、見ると高校大学は剣道部に所属し、長身で颯爽《さっそう》たる美女の玲香はかなりの好成績を残してきたようだった。

「言い伝えって?」

「江戸時代に神社を分祀したとき、うちの先祖と星野家の先祖が話し合って交《か》わされた文書が残っているの」

訊くと、玲香が答えた。

どうやら彼女は内容を暗記しているらしく、また祐馬も、当時の文書など見せられても読めないからちょうど良かった。

「この勾玉は、星野家の先祖が、隕石の中から抽出した玉を加工して作ったものなのよ」

「え……? 地球上の物質ではない……?」

「ええ。しかも、これは淫水晶《いんすいしょう》というものなの」

「い、いんすいしょう……、何ですか、それ……」

言われて祐馬は、淫水と水晶を合わせたものが何なのか分からずに首を傾《かし》げたが、何やら淫《みだ》らな予感がした。

「これは、宇宙に住む女神の愛液を固めたもの……」

「そ、そんな、突拍子《とっぴょうし》もない……」

祐馬は言ったが、長く研究してきた玲香は真剣そのものの表情だった。

「見て。中に赤い点が……」

玲香が、勾玉を灯《あか》りに透かして見ながら言う。

「ええ、僕も確認しました」

「これが、女神の卵子」

「ええッ……？　どうしてそんなことが……」

あまりの内容に、祐馬は頭が付いていかなかった。

「うちの先祖は特に霊感が強かったから、この玉に込められた思いを読み取り、それを文書に残していたのだわ」

「思いって……？」

「この勾玉を、女の陰戸《ほと》、つまり膣《ちつ》内ね、そこに押し込むと、女の愛液で玉が溶け、卵子が甦《よみがえ》る。そこで交《まじ》わると卵子が受精し、女神と地球の男との混血児が生まれる」

「ひいい……」

祐馬は声を洩《も》らし、思わず身震いした。

「じゃ、それは偶然落ちてきた隕石じゃなく、地球人との交接《こうせつ》のために飛ばされてきた……？」

「そのようだわ。そして出来た子は、この世の救世主になる……」

玲香が、重々しく言った。

「ま、交わる男は……」

「この勾玉に触れた男で、交わるのに相応《ふさわ》しいと女神が判断したら、強大な力を与えると、当時の先祖は玉の思いを読み取ったわ」

玲香が、熱っぽい眼差しで祐馬を見つめて言った。

「じゃ、車を持ち上げた僕の力は……」

「ええ、あなただわ。そして勾玉を膣に入れて、胎児を宿《やど》すのは、まだ処女である私の役目かも知れない……」

玲香が言う。

どうやら玲香は、まだ男に触れられていないらしい。

確かに、三種の神器《じんぎ》である剣と鏡と勾玉は、男性器と女性器と胎児を表しているものと言われている。そもそも神社も、杜《もり》がありお宮《みや》があり、参道《さんどう》と鳥居《とりい》があるという女性器そのものなのだ。

「文書は、あまりに淫らな内容だったので封印され、それで勾玉も長く社の天井裏に隠されていたのだと思うわ。しかし私は知っていたので、それがあるか急いで見に行こうとしていたの」

「そこで僕と会ったのなら、偶然じゃなくて運命、いえ、女神が仕組んだことなのかも知れないですね……」

祐馬は言い、この美女が自分の初体験の相手になると思うと、激しく胸が高鳴り、目眩《めまい》を起こしそうなほどの興奮に見舞われた。

「祐馬君は、まだ童貞？」

玲香が、勾玉を箱に戻して顔を上げ、正面から彼を見つめて言った。

「え、ええ……」

彼は顔を熱くさせ、モジモジと答えた。高校時代から、サークルで好きな女の子はいたが片思いのままだったから、結局ファーストキスも未経験のまま高校を卒業して三カ月が経《た》っていた。

「私が最初でいい？　うんと年上だけど、私も初めてだから」

「はい……」

玲香が真剣な眼差しで言い、祐馬も頷いていた。

「でも、最初から勾玉を中に入れるのは恐いわ。それは、何度かして慣れてからでいいわね……」

彼女が、勾玉を見下ろして言う。

「それなら、玲香さんが持っていて下さい。良いと思う日まで」

「いいえ、これは星野家のものだから、祐馬君が持っていて。さらに力が増すかも知れないから」

玲香は言い、立ち上がって引き出しから紐《ひも》を取り出し、勾玉の穴に通して輪にし、彼の首に掛けてくれた。これは、社務所で売っている勾玉に通す紐らしく丈夫だった。

「じゃ、来て」

そのまま玲香は彼の手を握って立たせ、奥のベッドへと招いた。

祐馬は興奮にフラつきながら従ったが、あまりに唐突な展開と緊張に、まだペニスは萎《な》えたままだった。

「脱いで、寝て」

玲香が布団を剝《は》いで言い、自分も朱色の袴の紐を解きはじめた。祐馬は小さく頷き、いちおう勾玉も首から外し、震える指先で服を脱ぎはじめていった。

衣擦《きぬず》れの音をさせて手早く白い衣も脱いで

いった。

祐馬も最後の一枚を恥ずかしげに脱ぎ去り、やがて全裸になってベッドに横たわった。枕にもシーツにも、美女の甘ったるい体臭が悩ましく沁《し》み付いて鼻腔《びこう》を刺激してきた。

幸い彼は、出がけにシャワーは浴びてきていた。

玲香も白い柔肌《やわはだ》を露《あら》わにし、たちまち一糸《いっし》まとわぬ姿になったが、祐馬は観察する余裕もなく、すぐに彼女が屈み込んできた。

彼を大股開きにさせて真ん中に腹這《はらば》い、恐らく初めてであろうペニスに熱い視線を注いだ。

さすがに玲香はもう大人だから物怖《ものお》じせず目を凝《こ》らしていたが、指は恐る恐る陰嚢《いんのう》に這い回り、二つの睾丸《こうがん》を確認するように優しく探ってから、幹を撫《な》で上げてきた。

「ああ……」

初めて触れられる祐馬は、刺激に声を洩らし、緊張に萎え気味だったが次第にムクムクと強《こわ》ばりを増していった。

さらに玲香は包皮《ほうひ》を剝《む》き、張り詰めて光沢《こうたく》ある亀頭《きとう》をクリッと露出させた。

「綺麗な色……、なんて美味しそう……」

彼女は言い、祐馬は美女の熱い視線と息を感じて幹をヒクヒク震わせ、とうとう最大限の硬さと大きさに勃起《ぼっき》してしまった。

すると玲香は、とうとう亀頭に頬《ほお》ずりをし、さらに唇《くちびる》を押し付けて舌を這わせてきたのだ。

「く……」

祐馬は夢のような快感に呻《うめ》き、思わず暴発を堪《こら》えて肛門を引き締めた。

玲香は指で幹を支え、尿道口《にょうどうこう》から滲《にじ》む粘液をチロチロと舐《な》め取り、熱い息を股間に籠もらせてきた。

「い、いきそう……」

祐馬は快感を高めて、許しを乞うように声を洩らした。

何しろファーストキスも未経験なのに、いきなりフェラチオしてもらったのだから無理もない。

「いいわ、どうせ続けて出来るのでしょう？　私のお口に出して構わないわ」

玲香が舌を離して言い、今度は亀頭にしゃぶり付いてきたのだ。

そのままスッポリと喉《のど》の奥まで呑み込むと、祐馬自身は美女の温かな口の中に根元まで納まった。

玲香は熱い鼻息で恥毛《ちもう》をそよがせ、幹を丸く唇で締め付けて吸いながら、内部ではクチュクチュと舌がからみついてきた。

たちまちペニス全体は美しい巫女の清らかな唾液《だえき》にまみれ、絶頂を迫らせて震えた。

しかも玲香は顔を小刻《こきざ》みに上下させ、スポスポと濡れた口で強烈な摩擦を開始してくれたのだった。

もう限界に達し、たちまち祐馬は昇り詰めてしまった。

3

「い、いっちゃう……、アアッ……！」

突き上がる大きな快感に身悶《みもだ》え、祐馬は声を上ずらせて喘《あえ》いだ。

同時に、熱い大量のザーメンが、パニックを起こしたように一気に狭い尿道口へとひしめき合い、ドクドクと勢いよくほとばしった。

出る瞬間、オナニーの何百倍もの快感と同時に、美女の口を汚《けが》して良いものだろうかという一抹《いちまつ》のためらいすら、快感に拍車《はくしゃ》を掛けた。

「ク……、ンン……」

熱い噴出《ふんしゅつ》で喉の奥を直撃され、玲香が小さく呻き、反射的にキュッと口腔《こうこう》を引き締めながら受け止めてくれた。

溜まりに溜まったザーメンは、脈打つように断続的に飛び散り、その間も玲香は吸い付きながら舌を這わせてくれていた。

自宅浪人で時間があるから毎日二度三度と抜いているのに、これほど多く出たのは初めての思いだった。

そして惜しまれつつ快感が下降線をたどり、祐馬は何度も肛門を引き締めて幹を震わせ、心置きなく最後の一滴まで出し尽くしてしまった。

やがてグッタリと身を投げ出すと、玲香も吸引と舌の蠢《うごめ》きを止め、亀頭を含んだまま、口に溜まった大量のザーメンをゴクリと飲み干してくれた。

「あう……」

嚥下《えんげ》とともに口の中がキュッと締まり、祐馬は駄目押しの快感に呻き、ピクンと幹を震わせた。

(飲まれちゃった……、僕の精子が生きたまま美女の胃の中に……)

祐馬は感激に胸を震わせて思い、心地よい脱力感に身を委《ゆだ》ねた。

ようやく玲香もスポンと口を引き離したが、なおも幹を指で支え、しごくように握りながら、尿道口に脹《ふく》らむ余りの雫《しずく》まで丁寧にヌラヌラと舐め取ってくれたのだ。

「あうう……、ど、どうか、もう……」

祐馬は過敏に反応し、腰をよじりながら降参するように言った。

すると彼女も舌を引っ込めて顔を上げ、

「この世を救う子種《こだね》を、飲んでしまったわ……」

ヌラリと舌なめずりして言い、ゆっくりと添い寝してきた。

祐馬は甘えるように腕枕してもらい、まだ激しい動悸《どうき》に胸を震わせながら呼吸を整え、余韻《よいん》を味わったのだった。

しかし、密着する柔肌の感触と温もり、甘ったるい体臭に、満足したばかりのペニスがすぐにもムクムクと回復していった。

「さあ、少し休んだら、一緒に初体験しましょう……」

玲香が囁《ささや》き、優しく彼の髪を撫でながら胸に抱きすくめてくれた。

祐馬は彼女の腋《わき》の下に鼻を埋め、目の前の白い膨《ふく》らみを観察したが、

（うわ、腋毛……）

鼻に柔らかなものが触れ、彼は驚いて顔を押し付けた。

楚々《そそ》とした腋毛が色っぽく煙《けむ》り、生ぬるく汗に湿って甘ったるいミルクのような匂いを籠もらせているのだ。

ずっと処女のままだった玲香は、化粧もムダ毛処理もせず、江戸時代のままのような暮らしをしてきたようだった。

祐馬は何度も深呼吸して美女の汗の匂いに噎《む》せ返り、いつの間にか、ペニスもすっかり元の硬さと大きさを取り戻してしまった。

見ると、張りのある形良い乳房が息づいていた。

巨乳と言うほどではないが程よい大きさで、ややツンと上向き加減の乳首と、光沢ある乳輪は初々しい薄桃色をしていた。

彼は充分に体臭を嗅《か》いでから、そろそろと移動してチュッと乳首に吸い付いていった。

「ああ……」

玲香が喘ぎ、仰向《あおむ》けの受け身体勢になっていった。

祐馬も自然にのしかかる形になり、乳首を含んで舌で転がしながら、顔中を膨らみに押し付けて柔らかな感触を味わった。

乳首はコリコリと硬くなり、汗ばんだ胸元や腋から漂う甘い匂いが心地よく、さらに喘ぐ玲香の湿り気ある吐息も、花粉のような甘い刺激を含んで鼻腔をくすぐってきた。

もう片方の乳首も吸って充分に舐め回し、彼女が完全に身を投げ出しているので、祐馬は滑《なめ》らかな肌を舐め下りていった。

腹部は引き締まり、微《かす》かに腰巻《こしまき》の紐の痕《あと》が印《しる》され、それも艶《なま》めかしかった。形良い臍《へそ》を舐め、張り詰めた腹に顔中を押し付けると、心地よい弾力が感じられた。

そして腰骨から、ムッチリした太腿《ふともも》へ舌で下りていくと、

「アア……、くすぐったいわ……」

玲香が腰をくねらせて喘いだ。

やはり初めてとなると、羞恥《しゅうち》と刺激に否応《いやおう》なく肌が反応してしまうようだ。

祐馬も彼女のスラリと長い脚を舐め下り、膝小僧から脛《すね》へ移動すると、そこもまばらな体毛があり、野趣《やしゅ》溢《あふ》れる魅力を覚えた。

やはり射精したばかりだから、肝心な部分は最後にしたかった。

本当はすぐにも股間に行きたいが、せっかく満足したのに、見ればすぐ舐めて

挿入したくなってしまうから勿体ない。

脛に頬ずりして足首まで舐め下りると、彼は回り込んで玲香の足裏に顔を押し付けた。

踵《かかと》から土踏まずに舌を這わせ、指の股に鼻を割り込ませて嗅ぐと、そこは汗と脂《あぶら》にジットリ湿り、蒸れた匂いが濃厚に沁み付いていた。

美女の足の匂いで鼻腔を満たしてから、爪先にしゃぶり付き、桜色の爪の先を軽く嚙《か》み、全ての指の間に舌を割り込ませて味わった。

「く……、ダメ、汚いから……」

玲香が息を詰めて言い、彼の口の中で唾液に濡れた指を縮めた。

彼は味わい尽くし、もう片方の足裏と指の股も心ゆくまで味と匂いを貪《むさぼ》った。

そして顔を上げ、彼女の足首を摑《つか》んで寝返りを打たせると、玲香も素直にゴロリとうつ伏せになってくれた。

祐馬は彼女の踵からアキレス腱と脹《ふく》ら脛《はぎ》を舐め、ほんのり汗ばんだヒカガミから太腿、尻の丸みを舌で這い上がっていった。

腰から背中を舐めると汗の味がし、

「う……」

くすぐったいらしく玲香が顔を伏せたまま小さく呻いた。

束《たば》ねた長い黒髪にも鼻を埋めると、甘いリンスとほのかな汗の匂いが籠もり、柔らかな感触が顔中を包み込んだ。

そして耳の裏側も嗅いでから舐め、首筋と肩をたどり、再び背中を下降して尻に戻っていった。

俯《うつぶ》せのまま股を開かせ、真ん中に腹這い、白く豊かな尻に迫った。

指でムッチリと谷間を広げると、奥に薄桃色の蕾《つぼみ》がひっそりと閉じられ、細かな襞《ひだ》を震わせていた。

(何て綺麗な……)

祐馬は見惚《みと》れ、単なる排泄《はいせつ》器官の末端《まったん》が、なぜこんなにも美しい必要があるのだろうかと不思議に思った。

吸い寄せられるように蕾に鼻を埋め込むと、顔中にひんやりした双丘《そうきゅう》が心地よく密着して弾んだ。蕾には、秘めやかな微香《びこう》が籠もり、嗅ぐたびに悩ましい刺激が胸に沁み込んできた。

充分に嗅いでから舌先でチロチロとくすぐるように蕾を舐めると、細かな襞が磯巾着《いそぎんちゃく》のような収縮を繰り返して唾液に濡れた。

さらに、とがらせた舌先を潜《もぐ》り込ませると、ヌルッとした粘膜に触れた。

「あう……、ダメよ、そんなところ……」

玲香は顔を伏せたまま呻いて言い、肛門で舌先を締め付けたが、興奮と刺激で朦朧《もうろう》となり、拒《こば》むことも出来ないでいるようだった。

あるいは、勾玉からもらった彼のパワーの影響を受け、何もかも言いなりになってしまっているのかも知れない。

祐馬は舌を出し入れさせるように蠢かせ、充分に粘膜を味わってからようやく顔を上げ、再び寝返りを打たせて彼女を仰向けにさせた。

片方の脚をくぐって股を開かせると、彼の目の前に神秘の部分が広げられた。

祐馬は白く滑らかな内腿《うちもも》を舐め上げ、玲香の股間に目を凝らした。

色白の肌が下腹から股間に続き、ふっくらした丘に黒々と艶《つや》のある恥毛がふんわりと程よい範囲に茂《しげ》っていた。

割れ目からはピンクの花びらがはみ出し、内から滲む蜜にネットリと潤《うるお》い、股間全体には熱気と湿り気が籠もっていた。

祐馬はそっと指を当て、陰唇《いんしん》を左右に広げてみた。

「く……」

触れられた玲香が呻き、ヒクヒクと下腹を波打たせて羞恥に耐えた。

陰唇がハート型に開かれると、中身が丸見えになった。

中はヌメヌメと潤う桃色の柔肉《やわにく》、下の方には花弁状に襞の入り組む膣口《ちつぐち》が息づき、割れ目上部の包皮の下からは真珠《しんじゅ》色の光沢あるクリトリスがツンと突き立っていた。

これも実に綺麗なもので、祐馬は感激に目を凝らしながら、やがて玲香の股間に顔を埋め込んでいったのだった。

4

「ああッ……、舐めなくていいから、早く入れて……」

今までされるままになっていた玲香が、声を上ずらせて嫌々をした。どうやら彼女の羞恥の中心は、やはり割れ目にあるようだ。

しかし言葉とは裏腹に、玲香は内腿できつく彼の両頬《りょうほほ》を挟み付けていた。

祐馬はもがく腰を抱え込んで押さえ、柔らかな茂みに鼻を擦《こす》りつけて嗅いだ。

隅々には生ぬるく甘ったるい汗の匂いと、ほのかな残尿臭の刺激も混じって鼻腔を掻《か》き回してきた。

ナマの体臭に酔いしれながら舌を這わせると、陰唇の表面は汗か残尿か判然としない微妙な味わいがあり、奥へ挿《さ》し入れると愛液はトロリとした淡い酸味を含んでいた。

膣口の襞をクチュクチュ掻き回し、滑らかな柔肉をたどってクリトリスまで舐め上げていくと、

「アア……、ダメ……！」

玲香が内腿に力を込め、ビクッと顔を仰《の》け反《ぞ》らせて喘いだ。

クリトリスを舐めるたび、生温かな愛液が泉のように湧《わ》き出してきた。やはりここが最も感じるのだろう。

まして成熟した肉体を持った処女なのだから、今までさんざん自分でいじることもしてきたに違いない。

祐馬は、自分のような未熟な愛撫《あいぶ》が大人の女性を濡らして喘がせていることが嬉しく、ますます熱を込めて舐め回した。

そして美女の味と匂いを堪能《たんのう》しながら、濡れた膣口にそっと指を挿し入れるとヌルヌルと滑らかに潜り込んでいった。

(ここに入れるんだ……)

祐馬は思い、温かく心地よい内部で指を掻き回し、なおもクリトリスを舐め回し、上の歯で包皮を剝いて吸い付いた。

「あうう……、いきそうよ、お願い、入れて……」

玲香が哀願《あいがん》し、しきりに嫌々をした。

もちろん祐馬もすっかり回復し、早く初体験したくなってきた。

ようやく舌を引っ込めて顔を上げ、そのまま彼女に添い寝していった。

「どうか、玲香さんが上に……」

祐馬は言い、彼女の身体を上に押し上げた。以前から、初体験は女上位で、というのが憧れだったのだ。

すると玲香も身を起こし、息を弾ませながら彼の股間に跨がってきた。

幹に指を添えて先端に割れ目を押し付け、位置を定めると、息を詰めてゆっくり腰を沈み込ませていった。

張りつめた亀頭が潜り込むと、あとはヌルヌルッと滑らかに呑み込まれた。

「アアッ……！」

玲香が顔を仰け反らせて喘ぎ、根元まで受け入れ、完全に股間を密着させて座り込んだ。

祐馬も、肉襞《にくひだ》の摩擦とヌメリがあまりに心地よく、必死に暴発を堪えて奥歯を嚙み締めていた。さっき口内発射しなかったら、あっという間に果てていたことだろう。

玲香もまだ動かず、むしろ初体験の感慨に耽《ふけ》るようにキュッと締め付けながら顔を仰け反らせてじっとしていた。それでも、息づくような収縮がペニスを刺激し、祐馬は高まっていった。

処女の初体験とはいえ、それほど破瓜《はか》の痛みはないようで、やがて玲香は身を重ねてきた。

祐馬も両手を回して抱き留め、美女の重みと温もりを全身で味わった。

すると玲香が、上からピッタリと唇を重ねてきたのだ。全て舐め尽くし、最後の最後でようやくファーストキスが体験できたわけだ。

柔らかな唇が密着し、生温かな唾液の湿り気と甘い息の匂いが心地よく祐馬を酔わせた。

「ンン……」

玲香も熱く鼻を鳴らして口を押し付け、ヌルリと舌を挿し入れてきた。

祐馬が歯を開いて受け入れると、長い舌が潜り込み、慈《いつく》しむように口の中を舐め回した。

彼も舌をからめ、滑らかな感触と清らかな唾液のヌメリを味わい、花粉臭の吐息で鼻腔を満たした。

そして祐馬が下から両手を回してしがみつきながら、我慢できず小刻みにズンズンと股間を突き上げはじめると、

「ああッ……」

玲香が口を離し、淫らに唾液の糸を引きながら熱く喘ぎ、次第に突き上げに合わせて腰を遣《つか》いはじめてくれた。

やはり彼女は破瓜の痛みよりも、長年運命の相手を待ち望んでいた初体験の感激と快感の方が大きいようだった。

すぐにも互いのリズムが一致し、二人は次第に激しく股間をぶつけ合うようになっていった。トロトロと大量に溢れる愛液が律動《りつどう》を滑らかにさせ、クチュクチュと淫らに湿った摩擦音も響いた。

相当に愛液の多いたちらしく、たちまち互いの股間はビショビショになり、彼の陰嚢から肛門の方にまで伝い流れ、シーツに沁み込んでいった。

「い、いきそう……」

祐馬が降参するように口走ると、

「いいわ、私もいく……」

玲香が熱く甘い息を震わせて答えた。

しかし、この一回で玲香が妊娠してしまったら、どうなるのだろうかと祐馬はふと思った。

すでに妊娠してしまった上で、勾玉を挿入して溶かし、女神の卵子を受精させるのは不具合が生じるだろう。

だが考えてみれば、すでに祐馬は勾玉のパワーをもらっているのだ。運命で出会った二人なら、未知の力が操作し、そう簡単に妊娠などしなくなっているのではないか。

実に身勝手に中出ししようとしているが、祐馬がそう感じるのだからきっと大丈夫なのだろうと思い、そのまま彼もフィニッシュまで突っ走ってしまうことにした。

激しく股間を突き上げ、心地よい肉襞の摩擦の中で彼は、たちまち昇り詰めてしまった。

口に出して飲んでもらうのも心地よかったが、やはりこうして男女が一つになり、快感を分かち合うのが最高なのだと心から実感した。

「い、いく……！」

祐馬は絶頂の快感に口走り、二回目とは思えない量のザーメンをドクンドクンと勢いよく柔肉の奥にほとばしらせてしまった。

「あ、熱いわ……、もっと……、アアーッ……！」

噴出を感じた途端、玲香もオルガスムスのスイッチが入ったように声を上げ、ガクンガクンと狂おしい痙攣《けいれん》を開始した。

同時に膣内の収縮も最高潮になり、ザーメンを飲み込むようにキュッキュッときつく締まった。

「ああ、気持ちいい……」

祐馬は思わず言い、心ゆくまで初体験の快感と感激を嚙み締め、最後の一滴まで出し尽くしたのだった。

やがて徐々に股間の突き上げを弱め、力を抜いていった。

「ああ……」

玲香も満足げに声を洩らし、肌の強ばりを解きながらグッタリと彼に体重を預けてきた。まだ膣内の収縮は続き、刺激された射精直後のペニスが過敏にピクンと内部で跳ね上がった。

「あう、もう堪忍《かんにん》、動かさないで……」

玲香が言う。やはり女性も、昇り詰めたあとは全てが敏感になって感じすぎるのだろう。

祐馬は美女の重みを受け止め、熱く甘い息を間近に嗅ぎながら、うっとりと快感の余韻に浸《ひた》り込んでいった。

やがて彼女が腰を浮かせ、そろそろとペニスを引き抜いて添い寝してきた。

祐馬も、また腕枕してもらい、初体験の感激の中で美女の温もりに包まれながら呼吸を整えた。

「覚悟が決まったら、勾玉を入れて交わりましょう……」

玲香が、息を弾ませて言う。

やはり、相当の覚悟が要《い》るのである。女神と言っても異星人だから、その胎児を腹に宿すのは大変なことだろう。

いかに人類の救世主となろうとも、人とは違うのだから、腹を食い破って生まれるかも知れないし、だいいち救世主ではなく、地球を滅《ほろ》ぼす使命を帯《お》びているかも知れないのだ。

「とにかく、何度かここを訪ねて」

「分かりました。来ます」

　やがて祐馬はシャワーを借り、勾玉を首から下げてから服を着た。玲香も身を清めてから今度は洋服を着て、車で彼を駅まで送ってくれたのだった。

5

（まさか、全知全能……？）

　帰宅した祐馬は、受験用の参考書に目を通して思った。

　何と、解けない問題が一つも無く、全ての受験問題を正解することが出来たのである。

　これなら、何も勉強しなくても来年は東大に合格してしまうだろう。もっとも全教科満点では怪《あや》しまれるから、適当に間違えなければならない。

　これも勾玉のパワーなのだろう。

　知力だけでなく、体力も乗用車を持ち上げられたぐらいだ。試しに腕立て伏せをしてみると、軽々と百回クリアした。

　それでも見た目は以前と同じ、小柄で色白、手足は細く筋肉などが付いた様子はない。

受験用の勉強だけでなく、ネットに出てくる古文書《こもんじょ》も外国語も、メカもコンピューターも、全て手に取るように理解できるではないか。

この女神の星の住人にしてみれば、地球人のレベルなど赤ん坊程度に低いのかも知れない。

地球人との混血とはいえ、一体どんな子が生まれてくるのだろうか。

二百年ほど前から今まで、この勾玉に触れた星野家の男は、何の力ももらえなかったのだろうか。

特に、先祖の誰が優秀だったというような話は聞いていない。

あくまで、祐馬が触れるときまで勾玉はずっと隠されていたのだろう。

もっとも天堂家の神官である霊能者が、勾玉に込められた思いを読み取ったと言っても、誰も信じなかったのかも知れない。

とにかく、何の取り柄《とえ》があったのか分からないが、祐馬が選ばれたのである。

しかし、早々と玲香を孕《はら》ませて、この世の常識が覆《くつがえ》ってしまう前に、この力でやりたいことは山ほどあった。それに玲香もためらっているので、しばらくはいろいろ試せるだろう。

祐馬は翌日、運転免許の試験場に行って中型バイクの免許を取得した。もともと原付は持っていたし、ぶっつけの実技でも難なくパスしてしまったのである。

やはり八王子から青梅の月見神社に通うには、原付よりもちゃんとしたバイクの方が便利だった。

そして帰りに宝くじのスクラッチを一枚、二百円で買い、コインで擦《こす》ってみると何と五十万円が当たってしまった。

銀行へ行って手続きをし、後日現金をもらうと彼は、二百五十ｃｃの中古バイクを買った。

両親は共稼ぎで、割りに放任主義である。

それに何より祐馬には勾玉からもらった神秘のパワーがあるのだから、心配ないよう念じれば、それで両親も納得してしまうに違いなかった。

試しにバイクで町を一回りしてみると、全ての機械が自分の手足のように作動し、どんな曲乗りでも出来そうな手応《てごた》えが得られた。

それでも、すぐ玲香に会いにいく気にはならなかった。

互いにメールアドレスは交換しているので、その気になれば彼女の方から呼び出しがあるだろう。

もちろん女体に未練はあるし、日に何度も抱いて快楽を分かち合いたいと思うが、どうせ玲香とは運命で結ばれているのだ。

それよりは、高校時代の思い残しの彼女にアタックしたり、他の美女も攻略してみたかった。

(やはり、木崎理江《きざきりえ》だな……)

祐馬は思った。

同じ歴史サークルに所属し、それなりに仲は良かったが結局卒業まで告白も出来ず、片思いのまま終わってしまった美少女だ。

彼女は現役で合格し、晴れて女子大生になっていた。

卒業以来もう三カ月会っていないが、まだ彼氏は出来ておらず、高校時代も誰とも付き合っていなかったようだから処女のままだろう。

祐馬は、理江の家を目指してバイクを走らせた。

もちろん一気に最後までするつもりだから、家を出る前にシャワーと歯磨きは済ませておいた。

途中コンビニに寄り、烏龍茶《ウーロン》でも買っていこうと駐車場に入ると、そこに見知った顔の連中がたむろしていた。

中学時代の同級生で、さんざん祐馬にパシリをさせて小遣いを巻き上げていた奴らだ。みな高校にも行かずブラブラして、今もチンピラのような格好をしているのが全部で五人。

「何だ、お前ユーマじゃねえか。バイクなんか乗りやがって」

「ちょうどいいや、金とバイク貸してくれよ」

退屈していたらしい五人が、祐馬を取り囲んで口々に言った。

「気安く話しかけるな。臭《くせ》えから近くへ来るな」

「なに、何て言った……？」

祐馬の言葉に、五人は耳を疑い目を丸くした。祐馬も、一瞬にして連中が自分の敵ではないと確信していたのだ。

「身分をわきまえろと言ったんだ。虫ケラども」

「て、てめえ、気でも狂ったか」

ボス格の大柄な一人が言うなり殴りかかってきたが、祐馬は素早く相手の顎《あご》に鉄拳を繰り出していた。

「ぐええ……」

相手は奇声を発して口から血泡を吐き出し、そのまま膝から崩れていった。

「顎《がく》関節が修復不可能になった。一生流動食しか摂《と》れなくなったな」

「こ、こいつ……！」

目を疑う出来事に、まだ状況が把握できないまま二人目が摑みかかってきた。

祐馬は、その股間を蹴上げて秘孔《ひこう》を突いていた。

「むぐ……！」

相手は白目を剝いて呻き、やはり悶絶《もんぜつ》して崩れていった。

「睾丸が粉砕《ふんさい》。今後勃起しようとするたび死ぬほどの激痛に襲われるだろう」

「て、てめえ……！」

まだ力の差が分からず、二人が左右から飛びかかってきたが、結果は同じ。顎関節と睾丸を徹底的に壊され、同じ運命をたどった。

祐馬は、立ちすくんでいる残る一人に向き直った。

「お前も含めて全員の金を集めろ。中学時代に貸していた分だ。早くしろ」

「あ、ああ……」

残る一人は完全に怯《おび》えきって、自分と、倒れている四人のポケットを探った。

「小銭はいいや。札だけで」

祐馬が言うと、男は震えながら懸命に金を集めた。もちろん祐馬は、通行人がこちらを見ないよう念じていた。

やがて札が集まると男が差し出し、祐馬は受け取るなり三万八千円あると分かってポケットに入れた。

「まあ、こんなものだろう。真面目になるならお前は許してやるが、どうする」

「ま、真面目になる……」

気の弱そうな男が声を震わせて答えた。

「明日からしっかり働け。そして大検でも目指すんだな」

「な、なんだ、ダイケンって……」

「家へ帰って調べろ。明日、働いていなかったら、こいつらと同じ運命になるよう念じておいた。そして働きながら、何年かかっても大学へ行け。いずれ俺に感謝するだろう」

大きなお世話であるが、奴が最も苦手なものを命じたのだ。

もちろんこの男を含め、重傷の四人も、祐馬にやられたとは誰にも言えないよう念じておいた。

結局、買い物をする気もなくなり、すぐに祐馬はバイクに乗ってコンビニの駐車場を出た。

喧嘩《けんか》に勝って、爽快感があるかと思ったが、そうでもない。最初から力の差が分かり切っているので、連中が哀れであり不快でもあった。

何だか、女神様のレベル感覚に近づいているのかも知れない。

それでも性欲だけは絶大に膨れ上がっていたので、祐馬は迷うことなく理江の家へと乗り付けていった。

理江も祐馬と同じく一人っ子で、父親は大学教授。家も大きく、母親はスポーツクラブ通いに余念《よねん》がないようだった。

訪ねると幸い、いや女神の操作によるものか、理江が一人だけ家にいた。

「まあ、星野君……」

出て来た理江が驚いて言った。いま大学から帰ってきたばかりのようで、初夏の陽射しを含んだような、ふんわりと甘い髪の匂いが感じられた。

「どうしたの、バイクなんか乗って」

「うん、高校時代に果たせなかったことを言いに来たんだ。入ってもいい？」

「ええ、いいわ」

言うと、これも意識を操作されているのか、理江は笑顔で快《こころよ》く彼を迎え入れてくれたのだった。

第二章 セーラー服フェロモン

1

「わあ、いい部屋だね。ちゃんと片付いてる」

祐馬は、二階にある理江の部屋に招き入れられ、室内を見回して言った。

広い洋間で、奥の窓際にベッド、手前に机と本棚。あとは作り付けのクローゼットにぬいぐるみ。

本棚に並んだ背表紙も、日本史専攻だけあり多くの歴史書があり、その片隅にミステリーやラノベもある。

そして室内には、生ぬるく甘ったるい思春期の体臭が立ち籠《こ》めていた。

祐馬は、勾玉《まがたま》の力を貰ってから五感が研《と》ぎ澄《す》まされ、特に嗅覚《きゅうかく》には敏感になっていた。

理江も、その力に操作され、いきなり部屋に案内してくれたのだろう。

セミロングの黒髪に笑窪《えくぼ》と八重歯《やえば》が愛らしく、祐馬と同じぐらい小柄で、見た目は高一ぐらいなのだが、胸も膨《ふく》らみかけ、尻の丸みも艶《なま》めかしかった。

彼女は祐馬を椅子に座らせ、自分はベッドの端に腰を下ろした。

「女子大はどう？　男子との合コンとかあった？」

「ええ、でも面白くなかったわ。調子のいい男の子ばっかりで、将来のことも考えてないし軽いだけ」

「じゃ、まだ好きな男は？」

「いないわ」

理江が言い、祐馬もそれが本当なのだと確信した。

そして持っている能力で理江を分析すると、性への好奇心は三十パーセントほど、彼氏を持ちたい願望より大学生活の充実が優先で、祐馬への好意も単なる同窓生の域を出ていなかった。

あとは少々強引でも懇《ねんご》ろになってしまい、彼女が後悔しないよう念じれば良いだろう。

「僕は、高校時代からずっと理江ちゃんが好きだったんだ」

「それを言いに来たの？」

「うん。浪人なのに不真面目かも知れないけど、今日が一番良い日だと思って」

祐馬は言いながら、彼女の隣へと移動した。

「理江ちゃんも、僕のこと死ぬほど嫌いじゃないだろう？」

「嫌いじゃないけど、友だちだと思っていたから……」

理江が言う。それが操作なしの本音というところだろう。

あとは押し切るしかなかった。

肩に手をかけ、そっと顔を寄せていった。

万能のパワーを持っていても、さすがに長年の片思いの相手を前に、祐馬の胸は激しく高鳴っていた。

「なに、星野君……」

「キスしたい」

身じろいで言う理江に囁《ささや》き、そのままピッタリと唇を重ねてしまった。

「う……」

理江が驚いたように小さく呻《うめ》き、それでもじっとして長い睫毛《まつげ》を伏せた。

祐馬は柔らかな感触を味わい、感激に胸を震わせながら、そろそろと舌を挿《さ》し入れていった。

唇の内側の湿り気を味わい、滑《なめ》らかな歯並びを舌先で左右にたどって八重歯まで舐《な》め、さらにピンクの引き締まった歯茎まで探ると、ようやく彼女の歯が開かれ、中に侵入できた。

美少女の口の中は、生温かく湿り気ある、果実のように甘酸っぱい匂いが籠もっていた。

祐馬は処女の息の匂いに酔いしれながら舌を潜《もぐ》り込ませ、理江の舌を探った。

それは実に滑らかで、生温かく清らかな唾液《だえき》にトロリと濡れていた。

チロチロと小刻《こきざ》みに舐め回すと、次第に理江の舌も蠢《うごめ》き、からみつけてくれるようになった。

そして祐馬は美少女の唾液と吐息にうっとりしながら、ブラウスの胸に手を這《は》わせると、

「ああッ……」

理江が苦しげに喘《あえ》いで口を離した。

「ね、脱いで。全部」

「ダメよ、恥ずかしいわ……」

囁くと、理江はぼうっとした薄目で彼を見つめて小さく答えた。

それでも祐馬がブラウスのボタンを外しはじめると、彼女も拒《こば》まなかった。極力、パワーを使わず自然のままに攻めているつもりだから、これが彼女の自然の反応なのだろう。

「そうだ、高校の制服を着て。まだ持っているでしょう?」

「あるけど……」

言うと、理江も答えた。

「高校時代に戻った気持ちになりたいので、それを着てほしい」

促《うなが》すと、彼女も立ち上がってクローゼットを開けた。まだ卒業して三カ月だから、すぐに理江も中からセーラー服を取り出した。

白の長袖《ながそで》で、襟《えり》と袖口が紺色で三本の白線。スカーフも白で、スカートは濃《のう》紺《こん》。

「全部脱いで、その上から着て」

祐馬は言いながら、自分も手早く服を脱ぎ、全裸になって先にベッドに横たわった。やはり枕には、美少女の甘ったるい匂いが濃厚に沁《し》み付いて、彼は激しく勃《ぼっ》起《き》した。

横になって見ていると、もう理江もためらいなく彼に背を向けてブラウスを脱ぎ、ブラも外して上半身裸になるとセーラー服を着た。

さらにスカートを脱ぎ去って、上から濃紺のスカートを穿《は》き、あとから裾《すそ》をめくって下着を脱いでくれた。

スカーフを結び、襟と髪を整えて振り返ると、そこに高校時代のままの理江が現れた。

「わあ、嬉しい。来て」

祐馬は歓声を上げて言い、理江もソックスを脱いでからベッドに上がってきてくれた。

そこで彼は、パワーを使って彼女を言いなりにさせた。

「横に立って、僕の顔に足を載《の》せて」

「ええっ？　どうしてそんなこと……」

言うと彼女はためらいながらも、拒むことも出来ず彼の顔の横に立った。

そして羞恥《しゅうち》と理性と戦いながらも、そろそろと片方の足を浮かせ、壁に手を突いて身体を支えた。

「あん……、こんなことしたくないのに、身体が勝手に……」

理江は戸惑いに声を震わせ、足裏を彼の顔に載せてくれた。

（うわ、なんて気持ちいい……）

祐馬は、美少女の足裏を顔に感じながら感激にペニスを震わせた。

見上げれば、健康的なナマ脚がニョッキリとスカートの暗がりから伸び、真上には当時のままであるセーラー服の理江が困った顔をしてこちらを見下ろしているのである。

遠慮がちに踏んでいる足首を摑《つか》んで押さえ、彼は足裏に舌を這わせ、縮こまった指の間に鼻を押しつけて嗅《か》いだ。

今日は午前中から大学に行って動き回り、昼食を終えて帰宅したばかりなのだろう。

指の股は汗と脂《あぶら》にジットリ湿り、生ぬるくムレムレになった匂いが濃厚に籠もっていた。

祐馬は美少女の足の匂いを貪《むさぼ》り、爪先にしゃぶり付いた。

「ああン、ダメ……！」

指の間に舌を挿し入れると、理江が声を上げ、ガクガクと膝《ひざ》を震わせた。

全ての指の股を舐めると、彼は足を交代してもらい、そちらの足裏と指の間も舐め、味と匂いを貪り尽くしたのだった。

「ね、跨《また》いでしゃがみ込んで」

言いながら足首を摑んで顔を跨がせると、理江も恐々《こわごわ》と和式トイレスタイルでしゃがみ込んでくれた。

白い太腿《ふともも》と脹《ふく》ら脛《はぎ》がムッチリと張り詰め、脚がM字型になると、生ぬるい風とともに処女の股間が彼の鼻先に迫ってきた。

「アア……、恥ずかしい……」

理江は完全にしゃがみ込み、両手で顔を覆《おお》って声を震わせた。男の顔にしゃがみ込んだ処女は、世界中にもそうはいないだろう。

目を凝《こ》らすと、股間のぷっくりした丘には楚々《そそ》とした若草がふんわりと恥ずかしげに煙《けむ》り、はみ出した花びらが僅《わず》かに開いてクリトリスが覗いていた。

さらに指を当てて広げると、無垢《むく》な膣口《ちつぐち》が息づき、玲香よりやや小さめのクリトリスが光沢《こうたく》を放っていた。

しかし割れ目内部はヌメヌメと幼《おさな》い蜜に潤《うるお》い、思っていた以上に濡れていたことが嬉しかった。

充分に観察してから、祐馬は彼女の腰を抱き寄せ、割れ目に鼻と口を押し付けた。柔らかな恥毛《ちもう》に鼻を擦《こす》りつけると、生ぬるい汗とオシッコの匂いが入《い》り交《ま》じり、悩ましく鼻腔《びこう》を掻《か》き回してきた。

嗅ぐたびに刺激が胸に沁み込み、ペニスに伝わっていくようだ。

舌を挿し入れ、膣口の襞《ひだ》を舐め回すと、やはり淡い酸味のヌメリが感じられ、祐馬は美少女の味と匂いに酔いしれた。

そして柔肉《やわにく》をたどり、小粒のクリトリスを舐め上げていった。

2

「ああッ……、ダメ……！」

理江がビクッと反応し、声を上ずらせて喘いだ。

祐馬はチロチロと小刻みにクリトリスを舐めながら、目を上げて彼女の反応を見た。張り詰めた白い下腹がヒクヒクと波打ち、乱れたスカートの裾の向こうで可憐《かれん》な美少女が顔を仰《の》け反《ぞ》らせて喘いでいた。

恥毛に籠もる匂いばかりでなく、三年間着続けていたセーラー服にも、思春期の体臭がたっぷり沁み付いているようだ。

仰向《あおむ》けで舐めていると、割れ目に自分の唾液が溜まらず、純粋にトロトロと溢《あふ》れてくる愛液だけを舐め取ることが出来た。

さらに彼は潜り込むようにして、形良い尻の谷間にも迫った。

谷間を広げると、おちょぼ口をした薄桃色の蕾《つぼみ》がキュッと恥じらうように引き締まった。

鼻を埋め込むと、顔中にひんやりした双丘《そうきゅう》が密着し、やはり淡い汗の匂いに混じり、秘めやかな微香《びこう》が沁み付き、悩ましく鼻腔を刺激してきた。

祐馬は美少女の恥ずかしい匂いを心ゆくまで嗅いでから、舌先でくすぐるように舐め回し、震える襞を濡らしてヌルッと潜り込ませた。

「あう……！」

理江が呻き、キュッと肛門で舌先を締め付けてきた。

彼は舌を蠢かせて美少女の粘膜を味わい、充分に愛撫《あいぶ》してから舌を引き抜き、再び割れ目を舐めて愛液をすすると、

「アア……」

理江が喘ぎ、とてもしゃがみ込んでいられなくなったようにキュッと座り込みながら両膝を突き、そのまま突っ伏してしまった。

ようやく、祐馬は下から這い出し、あらためて彼女を仰向けにさせた。

そして制服をたくし上げ、愛らしいオッパイを露《あら》わにした。

案外、玲香よりも豊かで、可憐な幼顔と膨らみのアンバランスが艶めかしい魅力だった。

しかし乳首も乳輪も初々しく淡い桜色で、祐馬は屈《かが》み込んでチュッと吸い付いた。顔中を柔らかな膨らみに押し付けて感触を味わい、ツンと硬くなった乳首をチロチロと舌で転がすと、

「ああッ……」

理江が喘ぎ、くすぐったそうにクネクネと身悶《みもだ》えた。

祐馬は左右交互に含んで舐め回し、さらに乱れた制服の中に潜り込み、汗ばんだ腋《わき》の下にも鼻を埋め込んで嗅いだ。

もちろん玲香のような腋毛はないし、舌を這わせても剃《そ》り跡《あと》のざらつきさえ感じられないが、甘ったるい汗の匂いは玲香より濃く籠もっていた。

「いい匂い……」

思わず言って鼻を擦りつけると、理江が激しい羞恥に息を震わせ、反射的にギュッと彼の顔を胸に抱きすくめてきた。

祐馬は生ぬるい体臭で胸を満たし、舌を這わせてから、ようやく仰向けになって彼女の顔を胸に抱き寄せた。

「ここ舐めて……」

言って自分の乳首を理江の口に押し付けると、彼女も熱い息で肌をくすぐり、舌を這わせてくれた。されるより、する方が羞恥が少なくて気が楽なのかも知れない。

「ああ、気持ちいい。嚙《か》んで……」

受け身体勢になり、美少女の舌で乳首を刺激されながら祐馬はせがんだ。

すると理江も、愛らしい歯並びでそっと乳首を挟んでくれた。

「もっと強く……」

言うと理江もやや力を込めて嚙み、もう片方も舌と歯で愛撫してくれた。

さらに彼女の顔を股間の方へ押しやると、理江も素直に移動していった。もちろん大股開きになると、彼女は真ん中に腹這《はらば》い、股間に顔を寄せてきた。

勃起時のペニスを見るのは生まれて初めてだろう。

セミロングの髪がサラリと内腿《うちもも》に流れてくすぐり、熱い視線と息を感じながら祐馬は幹をヒクヒク震わせた。

「変な形……」

理江は呟《つぶや》き、恐る恐る指を這わせてきた。

はじめに陰嚢《いんのう》を撫《な》でて睾丸《こうがん》を探り、幹に触れて生温かく汗ばんだ手のひらに、やんわりと包み込んでくれた。

「ああ、気持ちいい……」

祐馬が感激と快感に幹を脈打たせると、

「動いてるわ……」

理江は観察を続けながら言い、ニギニギと動かしてくれた。

祐馬が理江の頭に手をかけて引き寄せると、すぐに彼女も口を寄せ、チロリと先端に舌を這わせた。

尿道口《にょうどうこう》から滲《にじ》む粘液を舐めると、特に不味《まず》くもなかったか、さらに張りつめた亀頭にもしゃぶり付いてきた。

「もっと深く……」

祐馬が快感に身悶えながら言うと、理江もスッポリと含み、精一杯喉《のど》の奥まで呑《の》み込んでくれた。

美少女の口の中は温かく、熱い鼻息が恥毛をくすぐり、口の中では様子を探るように舌が触れて蠢いた。そっと股間に目を遣《や》ると、セーラー服の美少女がペニスを頬張《ほおば》り、上気《じょうき》した頬に笑窪を浮かべて吸い付いている。

祐馬は激しい興奮に包まれ、理江の口の中で清らかな唾液にまみれたペニスが最大限に膨張《ぼうちょう》した。

「い、入れたい。跨いで……」

すっかり高まりながら、祐馬は言って彼女の手を引っ張った。

理江もチュパッと口を引き離して顔を上げ、導かれるまま這い上がって彼の股間に跨がった。

「恐いわ……」

理江は言ったが、もう大学生なのだし他の誰もがしていることだから、止めたいという素振りは見せなかった。そのまま幹に指を添えて身を乗り出し、自らの唾液に濡れた先端を割れ目に押し付けた。

陰唇《いんしん》を広げて位置を定めると、息を詰めながらゆっくり腰を沈めてきた。

すると張りつめた亀頭がズブリと潜り込み、処女膜を丸く押し広げて侵入していった。

「あう……」

理江が眉《まゆ》をひそめて呻いたが、あとはヌメリと重みに助けられ、ヌルヌルッと根元まで受け入れて股間を密着させてしまった。

同じ処女でも、さすがに玲香よりきつく、中は燃えるように熱かった。

肉襞《にくひだ》の摩擦と締め付けに包まれ、祐馬はすぐ果てると勿体ないので、暴発を堪《こら》えて奥歯を嚙み締めた。

理江はぺたりと座り込み、息づくような収縮を繰り返しながら、まるで真下から短い杭《くい》に貫《つらぬ》かれたように硬直していた。

祐馬は温もりと感触を味わい、両手を伸ばして理江を抱き寄せた。

彼女も制服姿のまま身を重ね、祐馬の耳元で熱い呼吸を繰り返した。

もちろん祐馬のパワーで彼女の破瓜《はか》の痛みを和《やわ》らげることも出来るが、やはりありのままの純粋な反応を味わいたかったのだ。

それに理江も、初回が痛いことぐらい知っているだろうし、これも思い出だろうから、最初から目眩《めくるめ》く快楽を得るより良いだろう。

「大丈夫？」

「うん……」

囁くと、理江も健気《けなげ》に答えた。

祐馬は彼女の顔を引き寄せ、また唇を重ねて舌をからめ、甘酸っぱい息に酔いしれた。

「唾《つば》を垂らして、いっぱい」

僅かに口を離して言うと、理江も愛らしい唇をすぼめ、白っぽく小泡の多い唾液をトロトロと吐き出してくれた。これはすぐに味わいたいので、彼女がためらう前に力で言いなりにさせてしまったのだ。

舌に受け止めて味わうと、生温かくネットリとした粘液が心地よかった。

プチプチと弾《はじ》ける小泡の一つ一つにも、美少女の可憐な果実臭が含まれているようだった。

祐馬がうっとりと飲み込んで酔いしれると、

「美味しいの？」

理江が不思議そうに見下ろして言った。

「うん、もっと出して」

「もう出ないわ。口の中が乾《かわ》いて……」

せがむと理江が答えた。さんざん喘いでいたから、すっかり唾液の分泌《ぶんぴつ》が困難になっていたのだろう。

その代わり口の匂いが濃くなり、祐馬は彼女の口に鼻を押しつけて嗅ぎ、甘酸っぱい芳香《ほうこう》で心ゆくまで鼻腔を満たした。

胸の奥まで美少女の吐息に刺激され、祐馬は我慢できず両手でしがみつきながらズンズンと小刻みに股間を突き上げはじめてしまった。

「あん……」

理江が声を洩《も》らし、身を強《こわ》ばらせた。それでも愛液の量が多いから、たちまち動きは滑らかになっていったのだった。

3

「い、いきそう……」

動くうち祐馬は高まり、思わず理江が初体験という気遣《きづか》いも忘れて激しく股間を突き上げてしまった。

しかし潤滑油《じゅんかつゆ》も充分すぎるほど溢れ、彼女もまた動きに合わせて無意識に腰を動かしはじめてくれたのだ。

これが十八歳の本来の反応によるものなのか、祐馬から漂うパワーのなせるわざなのかは分からない。とにかく彼は心地よい律動《りつどう》の中で、とうとう昇り詰めてしまった。

「く……！」

突き上がる大きな絶頂の快感に呻き、祐馬は熱い大量のザーメンをドクドクと勢いよく柔肉の奥へほとばしらせた。

「アアッ……！」

噴出《ふんしゅつ》を感じたように理江が熱く喘ぎ、キュッキュッと膣内が息づくように収縮を開始した。あるいは小規模ながら、オルガスムスらしきものを迎えたのかも知れない。

これも、ありのままの反応を見たいと思いつつ、無意識にパワーが洩れ、彼の快感が伝染したのではないか。

「ああ、気持ちいい……」

祐馬は勢いよく射精しながら口走り、美少女の中に心置きなく最後の一滴まで出し尽くした。

もちろん万が一にも妊娠しないように念だけは強く込め、すっかり満足した彼は徐々に突き上げを弱めて力を抜いていった。

まだ膣内は艶めかしい収縮が繰り返され、ペニスは刺激されてヒクヒクと過敏に震えた。

やがて理江も力尽きたように、ガックリと祐馬に身を預けて荒い呼吸を繰り返した。

しばし重なったまま、彼はセーラー服姿の理江を抱き留めて呼吸を整えた。

そして彼女の喘ぐ口に鼻を押しつけ、かぐわしい息を胸いっぱいに嗅ぎながらうっとりと快感の余韻《よいん》を噛み締めた。

「大丈夫？　痛かっただろう？」

「ええ、最初は……。でも最後は身体が宙に浮くみたいに気持ち良かった……」

囁くと、理江も自身の奥に芽生《めば》えた何かを探るように答えた。

やがて彼女がそろそろと股間を引き離し、ゴロリと横になった。

祐馬は身を起こし、枕元にあったティッシュで手早くペニスを拭《ぬぐ》い、スカートをめくって顔を寄せた。

処女を失ったばかりの割れ目は、陰唇が痛々しくめくれ、膣口から逆流するザーメンにはうっすらと血の糸が走っていた。

そっとティッシュを押し当てて拭ったが、出血はいくらもなく、もう止まっているようだ。

「有難う。シャワー浴びましょう……」

処理を終えると、呼吸を整えた理江が言ってノロノロと身を起こした。

そしてセーラー服を脱ぎ去って全裸になるとベッドを下り、祐馬も支えながら一緒に部屋を出た。

互いに全裸で階段を下り、バスルームに行って湯を浴びると、理江もほっとしたように肌の強ばりを解いていった。

「とうとう初体験しちゃった……」

椅子に座り、理江が感慨を込めて言った。

「うん。もし高校時代に誘ったら、応じてくれた？」

「受験前は、たぶん無理だったわ。決まってからも、そのときでないと分からない。その頃の星野君、今みたいに積極的じゃなかったし……」

「うん、確かに」

言われて祐馬も、今の自分はパワーによる自信があるから出来たのだろうと納得した。

「ね、こうして」

祐馬は言って床に座り、目の前に理江を立たせた。そして片方の足を浮かせ、バスタブのふちに載せさせ、開いた股間に顔を寄せた。

「どうするの……」

「オシッコしてみて。どうしても、可愛い理江ちゃんが出すところを見たい」

言うと、理江はビクリと尻込みした。

「無理よ、そんなこと……。だいいち、そんなに顔を近づけたら……」

「大丈夫。どうか出して」

何が大丈夫か分からないが、とにかく祐馬は強引に迫り、彼女の腰を抱えて割れ目に鼻と口を押し付けた。

湯に濡れた恥毛からは、濃かった匂いも薄れてしまったが、それでも舐めると新たな愛液が溢れ、舌の動きが滑らかになった。

「あん……、吸ったら、本当に出ちゃうわ……」

理江がガクガクと膝を震わせ、声を上ずらせて言った。

なおも割れ目に口を付けてヌメリをすすっていると、たちまち内部の柔肉が迫《せ》り出すように盛り上がり、味わいと温もりが変化してきた。

「あう、ダメ、出る……」

彼女が言うなり、ポタポタと温かな雫《しずく》が滴《したた》り、たちまちチョロチョロとした流れになって祐馬の口に注がれてきた。

夢中になって飲み込んだが、何の抵抗もなく喉を通過した。それは温《ぬる》めの白湯《さゆ》のようで、味も匂いも実に淡く清らかなものだった。

「アア……」

ゆるゆると放尿《ほうにょう》しながら、いったん放たれた流れは止めようもなく理江が声を震わせた。

祐馬が味わっていると、さらに勢いが増して、口から溢れた分が温かく胸から腹に伝い流れ、すっかり回復しているペニスが心地よく浸《ひた》された。

しかしピークを過ぎると急激に勢いが衰え、たちまち再びポタポタ滴るだけとなってしまった。

祐馬は口を付けて余りをすすり、残《のこ》り香《が》を味わった。

舌を挿し入れて掻き回すと、すぐに新たな愛液が溢れてヌラヌラと淡い酸味が満ちてきた。

「ああ……、もうダメ……」

理江が言って足を下ろすと、力尽きたようにクタクタと座り込んでしまった。

それを抱き留め、祐馬はもう一度互いの全身にシャワーの湯を浴びせ、支えながら立ち上がった。

脱衣所で身体を拭《ふ》くと、また全裸のまま二人で階段を上がって部屋のベッドに戻った。

「また勃《た》っちゃった」

添い寝し、甘えるように言いながら肌を密着させると、

「今日はもう入れないで……。まだ中に何か入っているようだわ……」

理江が小さく答えた。それなりの快感はあったが、やはり初体験の衝撃も大きかったようだ。

「うん、じゃ手でして、いきそうになったらお口でお願い……」

祐馬は言って彼女の手を握り、ペニスに導きながら唇を重ねた。

舌をからめ、生温かな唾液をすすると、理江もニギニギとぎこちなくペニスをしごきはじめてくれた。

「こんな動きでいい？　強くないかしら」

「うん、ちょうどいい……、すごく気持ちいいよ……」

彼女が口を離して言うと、祐馬は湿り気ある甘酸っぱい息を嗅ぎ、高まりながら答えた。

理江も次第に慣れてきたように、リズミカルに指を動かした。

「舐めて……」

美少女の唇に鼻を押しつけて言うと、

「せっかくシャワー浴びたのに、ヌルヌルになっちゃうわよ……」

理江は囁きながらも、嫌がらず舌を這わせ、彼の鼻の穴を舐め回してくれた。

清らかな唾液に濡れた舌が滑らかにヌラヌラと鼻を舐め、祐馬は唾液と吐息の甘酸っぱい芳香に高まっていった。

「いきそう……、お口でして……」

声を上ずらせて言うと、理江もすぐに顔を移動させてペニスに屈み込み、張り詰めた絶頂間近の亀頭にしゃぶり付いてくれた。

彼女は熱い息を股間に籠もらせ、頬をすぼめて吸い付きながらクチュクチュと舌をからめ、さらに顔を上下させて濡れた口でスポスポと強烈な摩擦を繰り返しはじめた。

「ああ、いく……」

彼も小刻みに股間を突き上げながら、あっという間に絶頂に達して口走った。

同時に、ありったけの熱いザーメンがドクンドクンと勢いよくほとばしり、美少女の喉の奥を直撃した。

「ンンッ……！」

理江が噎《む》せそうになって呻き、それでも噴出を受け止めながら吸引と舌の蠢きを続行してくれた。

玲香の時も感じたが、肉体的な快感以上に、美しく清潔な女性の口を汚《けが》すという精神的な快感が大きかった。

「ああ、気持ちいい……！」

祐馬は何度も肛門を引き締めて喘ぎ、心置きなく最後の一滴まで出し尽くしてしまった。

すっかり満足して突き上げを止め、グッタリと身を投げ出すと、理江も愛撫の動きを止め、亀頭を含んだまま口に溜まったザーメンをコクンと一息に飲み干してくれた。

「く……」

口腔《こうこう》がキュッと締まり、祐馬は過敏に幹を震わせて呻いた。

理江はチュパッと口を離し、なおも幹をしごきながら尿道口から滲む余りの雫まで丁寧に舐め取ってくれた。

「も、もういいよ……、どうも有難う……」

祐馬は刺激にクネクネと腰をよじらせ、降参するように言い、理江もようやく舌を引っ込めて顔を上げたのだった……。

4

（とうとう経験したんだ……）

帰宅してから、祐馬は勾玉を握りしめながら感慨に耽《ふけ》った。

何しろ初体験が、処女とはいえ理想的な年上の美女で、その勢いで三年間片思いしていた憧れの美少女を攻略したのだ。

そしてセックスを覚えてしまうと、さらに性欲が旺盛《おうせい》になった。

処女を奪った玲香や理江をもっと追究したいし、他の女性も多く抱きたいと思った。

すでに人の何倍もあるパワーを持ってしまったが、勉強で良い点を取って得意になろうとか、町で喧嘩《けんか》に勝って良い気分に浸ろうとか、そんなことはどうでも良かった。

とにかく性欲だけが高まり、女体を求めてしまうのである。

あるいは、これも勾玉、淫水晶《いんすいしょう》の力なのかも知れない。つまり勾玉を玲香の膣内で溶かし、いざ交《まじ》わるときまでに多くの経験を積み、セックスの手練《てだ》れになっておけという指令なのかも知れなかった。

翌日の午後、また祐馬はバイクで理江の家を訪ねてしまった。もっと他の女性を攻略したいが、今は理江に執着してしまっていたのだ。

早ければ理江も女子大から帰っているだろうし、勾玉のパワーも彼の望むように操作してくれているだろう。

しかし、何と理江は不在で、彼女の母親、亜津子《あつこ》が出て来た。

「あら、理江のお友達かしら」

「はい。星野祐馬と言います。理江ちゃんとは高校時代の同級生で、歴史サークルの集まりがあるので連絡に来ました」

「そう、申し訳ないけれど理江は今日お友達と夕食するから遅いと言ってたわ。でもせっかく来て下さったのだからお茶でもどうぞ」

色白で豊満な美女だ。高校時代に理江が言っていたが、母親は二十歳《はたち》で自分を産んだということだから、三十八歳。

どうやら勾玉は、処女ではないベテラン熟女をあてがってきたようだ。

もちろん当ては外れたが、魅惑的な巨乳熟女に淫気《いんき》を催《もよお》し、招かれるまま祐馬は上がり込んだ。

リビングのソファに座ると、亜津子もすぐに紅茶を淹《い》れてくれた。どうやらスポーツクラブから帰ってきたばかりらしく、彼女が動くたび、彼の研ぎ澄まされた嗅覚が甘ったるい汗の匂いを感じ取っていた。

「真面目そうで、頭も良さそうだわ。理江のボーイフレンド？」

「いえ、高校時代にずっと片思いしてました」

向かいに座った亜津子が言い、祐馬は答えた。

どうやら理江も変な素振りは見せず、昨日二階で娘が処女を失ったことなど亜津子は夢にも思っていないようだ。

ややカールのかかった栗色のセミロングで、ブラウスの胸ははち切れそうに豊かな膨らみ。肌は透《す》けるように白く、尻も豊満で実に色っぽかった。

その熟女が、勾玉の操作により、たちまち彼に淫気を催してきたようだった。

「じゃユーマ君は、まだ童貞？」

亜津子が、年上の無遠慮さで正面から熱っぽく彼を見つめながら訊《き》いてきた。

「え、ええ……」

祐馬も無垢を装《よそお》い、モジモジと紅茶をすすった。

やはり童貞の方が、懇切丁寧に教えてくれそうだ。それに彼はまだ処女しか知らないのである。

「もし理江と両思いになっても、初めて同士ではいけないわね」

亜津子が、理江も祐馬も無垢と信じ切って言った。

「そう思うのですけど、教えてくれる相手がいないから……」

「まあ、モテそうなのに。じゃ私が頂いちゃおうかしら。こんなオバサンで嫌でなければ」

亜津子がほんのり頬を紅潮《こうちょう》させて言った。あるいは、勾玉の操作がなくても、こういう展開になったかも知れない。

夫は忙しくて夜の生活など疎遠《そえん》になり、それで暇《ひま》だからスポーツジムで欲求不満を解消しているようだが、やはり最後のためらいがあり、まだセックスフレンドなどはいないのだろう。

そんな様子が、彼には手に取るように分かってしまった。

「本当ですか。嫌じゃないです。前からずっと、綺麗な人に手ほどきされたいと思っていましたから」

「まあ、綺麗だなんて」

言うと亜津子も目を輝かせ、紅茶も飲まずに立ち上がった。

そして彼を奥の寝室に招き入れた。中はベッドが二つ並び、セミダブルベッドはカバーが掛けられているので、恐らく亭主は長期出張中らしく、亜津子はシングルの方だった。

他はクローゼットと化粧台があるだけで、寝室内には亜津子だけの甘ったるい体臭が立ち籠めていた。

「じゃ私、急いでシャワー浴びてくるから、脱いで待っててね」

「あ、僕は家で浴びてきたから大丈夫です。初めてだから、ナマの匂いも知りたいので、このままお願いします」

「まあ、だってジムのシャワールームが混んでいたから汗ばんだままなのよ」

「いいです、どうかこのままで」

祐馬は激しく勃起しながら言って彼女の手を握り、ベッドに引っ張っていってしまった。

「知らないわよ、汗臭《あせくさ》くても……」

亜津子も、すっかり勢いがついてしまったように言った。

そして諦《あきら》めたようにブラウスのボタンを外しはじめると、祐馬も手早く服を脱ぎ去り、先に全裸になってベッドに横になった。

やはり枕には、甘ったるく悩ましい汗や唾液の匂いが沁み付き、その刺激が鼻腔からペニスに伝わっていった。

それにしても、昨日理江の処女を奪い、今日その母親とセックス出来るなど夢のようだった。

亜津子も気が急《せ》くように脱ぎ散らかしながら、みるみる白い熟《う》れ肌を露わにしていった。最後の一枚を脱ぐときは、背を向けているので豊満な尻がこちらに突き出され、祐馬は思わずゴクリと生唾《なまつば》を飲んだ。

彼女もすぐに添い寝し、

「さあ、何でも好きなようにしてみて……」

息を弾《はず》ませて言った。手ほどきして欲しいのだが、恐らく年下の童貞など初めてらしく、根っから受け身の経験しかないのだろう。

祐馬も身を起こし、好きにすることにした。

亜津子も興奮と期待に舞い上がっているので、少々慣れた愛撫をしたところで体験者とは気づかないだろう。

祐馬は、まず仰向けの彼女の足裏へと顔を寄せていった。

足首を摑んで押さえ、足裏に舌を這わせ、指の間に鼻を割り込ませて嗅いだ。

「あう……、汚いわよ。どうしてそんなところを……」

亜津子が驚いたように言い、それでも激しく拒むことはしなかった。

「隅々まで味わってみたいから」

祐馬は答え、汗と脂に湿った指の股の蒸れた匂いに酔いしれ、爪先にしゃぶり付いた。

「アアッ……、ダメよ、将来ある坊やにそんなところ舐めさせたら、罰が当たるわ……」

亜津子は声を震わせて言い、すっかり朦朧《もうろう》となりながらクネクネと反応した。

構わず全ての指の股を舐め、もう片方の足も味と匂いを貪った。

そして祐馬は美熟女の脚の内側を舐め上げ、両膝を割って股間に顔を進めていった。

「ああ……、恥ずかしいわ……」

亜津子は目を閉じ、白い下腹をヒクヒク波打たせながら喘いだ。色っぽい熟女だが、あるいは浮気など願望ばかりで、実行は初めてなのかも知れない。

量感あるムッチリした内腿を舐め上げると、彼の顔中に股間から発する熱気と湿り気が漂ってきた。

ふっくらした丘には黒々と艶《つや》のある恥毛が密集し、肉づきが良く丸みを帯《お》びた割れ目からはヌメヌメと潤う陰唇がはみ出していた。

しかし祐馬はまだ中身を見ず、先に彼女の両脚を浮かせ、豊満な逆ハート型の尻に迫っていったのだった。

5

「あう……、ダメ、そんなところ見ないで……」

両脚を上げた亜津子が言ったが、祐馬は谷間にキュッと閉じられたピンクの蕾に目を凝らし、鼻を埋め込んでいった。

顔中に丸い双丘が密着し、蕾には甘ったるく生ぬるい汗の匂いが籠もり、それに生々しい微香も沁み付いていた。

彼は何度も深呼吸して嗅ぎ、舌先でチロチロと蕾を舐めて襞を濡らし、ヌルッと潜り込ませて粘膜を味わった。

「く……、やめて……、汚いから……」

亜津子が息を詰めて言い、モグモグと肛門で舌先を締め付けてきた。

祐馬が舌を蠢かせると、鼻先にある割れ目からトロトロと大量の愛液が滴ってきた。

やがて彼は亜津子の脚を下ろしてやり、舌を引き抜き、そのまま雫を舐め上げた。陰唇を広げると、十八年前に理江が生まれ出てきた膣口が襞を入り組ませて息づき、白っぽい粘液もまつわりついていた。

ポツンとした尿道口もはっきり分かり、包皮《ほうひ》の下からは小指の先ほどもあるクリトリスがツンと突き立ち、真珠《しんじゅ》色の光沢を放っていた。

祐馬は溢れる愛液を舐めながら顔を埋め込み、柔らかな茂《しげ》みに鼻を擦りつけて嗅いだ。

甘ったるい汗の匂いが馥郁《ふくいく》と籠もり、それにほのかな残尿臭も混じって鼻腔を刺激してきた。

「いい匂い」

「アアッ……、嘘《うそ》よ……」

思わず股間から言うと、亜津子は激しく喘ぎ、内腿を締め付けてきた。

祐馬は豊満な腰を抱え込んで押さえ、美女の熟れた体臭を貪りながら割れ目内部に舌を挿し入れていった。

クチュクチュ掻き回すと、淡い酸味のヌメリが舌の動きを滑らかにさせた。

大きめのクリトリスにチュッと吸い付いて舌で弾くと、

「あう……、そこ……！」

相当に感じるらしく、亜津子が息を詰めてせがんだ。

祐馬も執拗《しつよう》に舌の蠢きと吸引の愛撫をクリトリスに集中させては、泉のように湧《わ》き出す愛液をすすった。

そして充分に味と匂いを貪ると、

「い、入れて、お願い……」

亜津子が、舌で昇り詰めるのを惜しむように言って彼の顔を股間から突き放してきた。祐馬が身を起こすと、彼女がうつ伏せになり、四《よ》つん這《ば》いから尻を高く突き出してきた。

「最初は、後ろから……」

言われて祐馬も美女の無防備な体勢に興味と興奮を覚え、膝を突いて股間を進めていった。

バックから先端を膣口に押し付け、ゆっくりヌルヌルッと挿入していくと、何とも心地よい肉襞の摩擦とヌメリが幹を包んだ。

「あぁッ……！」

亜津子が喘ぎ、白く滑らかな背中を反らせてキュッときつく締め付けてきた。

根元まで押し込むと、彼の下腹部に豊満な尻の丸みが密着して弾んだ。

暴発を堪えながらズンズンと律動すると、大量の愛液が溢れて彼女の内腿を伝い流れた。

そのまま覆いかぶさり、両脇から回した手で巨乳を揉《も》み、髪に顔を埋めて甘い匂いを吸い込んだ。

「アア……、いい気持ち……、今度は横向きに……」

亜津子が言い、ゆっくりと身体を横に倒していった。どうやら彼女も、多くの体位を試すのが長年の憧れだったようだ。おそらく亭主も淡泊で、正常位のみだったのだろう。

祐馬は彼女の下の脚を跨ぎ、上になった脚に両手でしがみつきながら、挿入と律動を続けた。互いの股間が交差したので密着感が高まり、膣内のみならず内腿の感触も得られた。

「ああ……、突いて……」

亜津子は、横向きのまま腰をくねらせて喘いだ。

祐馬も腰を遣い、摩擦快感を味わった。

暴発も、かなり念の力で耐えることが出来、しかも苦痛はなく快楽だけを受け止めることが出来るようになっていた。

さらに亜津子は、ゆっくりと仰向けになっていった。

祐馬も挿入したまま何とか正常位まで持ってゆき、身を重ねて巨乳に顔を埋め込んだ。

そして色づいた乳首を含んで舌で転がし、柔らかく豊かな膨らみに顔中を押し付けた。左右の乳首を交互に含んで舐め回すと、亜津子が下からしがみつきながらズンズンと股間を突き上げてきた。

祐馬も股間をぶつけるように動かし、彼女の腋の下にも鼻を埋め込んだ。

そこはスベスベで甘ったるい汗の匂いが濃厚に籠もり、彼は胸を満たしながらうっとりと酔いしれた。

溢れる愛液が互いの股間をビショビショにさせ、動きに合わせてピチャクチャと淫《みだ》らに湿った摩擦音を響かせた。

「ね、最後は上になって……」

祐馬が腰の動きを止めて囁くと、

「いいわ……」

亜津子も答え、彼が股間を引き離すと身を起こしてきた。

どうやら祐馬も、だいぶ持続力が保てるようになり、亜津子も願い通り全ての体位を経験できて満足そうだった。

入れ替わりに仰向けになると、亜津子はペニスに屈み込み、自らの愛液にまみれた亀頭にしゃぶり付いてくれた。

「ンン……」

喉の奥まで呑み込んで熱く鼻を鳴らし、頰をすぼめて吸い付きながらチロチロと舌をからみつけてきた。

「ああ……、気持ちいい……」

祐馬が喘ぎ、美女の口の中で唾液にまみれた幹をヒクヒク震わせると、やがて亜津子も挿入を望んでスポンと口を引き離した。

すぐにも顔を上げて彼の股間に跨がり、幹に指を添えて先端を膣口に受け入れると、感触を味わいながら座り込んでいった。

「アアッ……、奥まで当たるわ……！」

ヌルヌルッと一気に納めて股間を密着させると、亜津子が顔を仰け反らせて口走った。

祐馬も肉襞の摩擦と温もり、大量のヌメリに包まれ、股間に美女の重みを感じながら快感を嚙み締めた。

亜津子は何度かグリグリと股間を擦りつけてから身を重ね、祐馬が両手を回すと、すぐにも腰を遣いはじめていった。

「いい気持ち……、すぐいきそうよ……」

亜津子が次第に激しく動き、股間をしゃくり上げるように擦って言った。

祐馬が合わせて股間を突き上げると、大量の愛液が滴り、彼の肛門の方まで伝い流れてシーツに沁み込んでいった。

下から唇を求めると、亜津子もピッタリと重ね合わせ、ネットリと舌をからみつかせてきた。

祐馬も舌を蠢かせ、生温かくトロリとした唾液をすすり、滑らかに蠢く舌の感触を味わった。

「ンン……」

亜津子も執拗に舌を動かして呻き、膣内の収縮を高めていった。

「ああ……、いきそう……」

彼女が、淫らに唾液の糸を引いて口を離して喘いだ。熱く湿り気ある息は白粉《おしろい》のように甘い刺激を含み、祐馬も鼻を押しつけて美女の吐息を嗅ぎながら高まっていった。

「い、いく……！」

とうとう祐馬が先に絶頂に達し、大きな快感とともに熱いザーメンをドクドクと勢いよく注入すると、

「き、気持ちいいッ……、アアーッ……！」

噴出を感じた亜津子も、たちまちオルガスムスに達して声を上げた。そのままガクンガクンと狂おしい痙攣《けいれん》を開始し、膣内の収縮も最高潮にさせた。

祐馬は豊満美女の重みと温もりを受け止めながら股間を突き上げ、快感の中で心置きなく最後の一滴まで出し尽くしていった。

すっかり満足しながら突き上げを弱めていくと、彼女も満足げに息を弾ませ、徐々に熟れ肌の強ばりを解いてもたれかかってきた。

「ああ……、こんなに良かったの初めてよ……」

亜津子が荒い呼吸とともに言い、名残《なごり》惜しげにキュッキュッと収縮させた。

射精直後のペニスが刺激され、ヒクヒクと内部で過敏に震えると、

「あう……、もう動かないで……」

彼女も感じすぎるように言い、押さえつけるようにさらにきつく締め付けた。

祐馬は、理江の母親の感触を嚙み締め、熱く甘い息を間近に嗅ぎながら、うっとりと快感の余韻を味わったのだった……。

第三章　美人妻はミルクの匂い

1

「姉でしたら、今日は大学の方へ行っておりますが」

祐馬が、淫気《いんき》に突き動かされてバイクで玲香を訪ねると、母屋《おもや》の方から三十前後の女性が出てきて言った。

これが婿《むこ》養子を取って神社を継《つ》いだ、玲香の妹らしい。巫女《みこ》の衣装ではなく、ブラウスにスカート姿の、ごく普通の格好だった。ショートカットだが、玲香に似て美形である。

「そうですか、大学に……。あ、僕は星野祐馬と言います。本を見せてもらおうかと思って来ましたが」

「まあ、星野家の。私は妹の天堂由紀子《ゆきこ》です。どうぞ、鍵はかかっておりませんので」

由紀子が玄関を開けてくれ、祐馬が入ると、さすがに立ち会うように由紀子も入って来て、ふんわりと生ぬるく甘ったるい匂いが感じられた。

一緒に上がり込み、玲香の夥《おびただ》しい蔵書《ぞうしょ》の背表紙を見るため座ると、由紀子も後ろに腰を下ろした。

「失礼ですが、まだお若いのですね」

由紀子が後ろから訊《き》いてきた。

「はい、十八で、浪人一年目です。玲香さんはおいくつなのでしょう」

「姉は、私より五つ上の三十五です」

由紀子が答えた。若く見えたが玲香は、祐馬の倍近くの年齢だったのだ。

祐馬は、由紀子の方から漂う甘ったるい匂いに、次第に股間を熱くさせてしまった。

多くの神秘学の蔵書にも興味はないではないが、最初から淫《みだ》らな気持ちで来たのだから、玲香が居ないとなると、自然に三十の人妻、玲香の妹に淫気が向いてしまった。

するとと彼の絶大なパワーが伝わったように、由紀子もモジモジとしはじめたではないか。

「あ、あの……」

「はい」

「子供が軽い熱で、いま夫が病院へ連れて行っております。それで、吸う者がおらず張って苦しいので……」

由紀子が言いながら、何とブラウスのボタンを外して左右に開き、さらにブラのフロントホックを外し、乳漏れパットも取り除くと、白く豊かな乳房を露《あら》わにした。

「うわ……」

祐馬は驚きに目を見張った。

濃く色づいた乳首の先端からは、ポツンと白濁《はくだく》の母乳が滲《にじ》み出ていた。さっきから感じていた甘ったるい匂いは、母乳だったのだ。

「す、吸い出せば楽になるのですね……」

「ええ、ティッシュに吐き出して下さい。出来れば楽な姿勢で……、姉のベッドを借りましょう」

由紀子は、本心からか、あるいは祐馬の淫気に操られてか、すぐに立ち上がって奥へ行き、玲香のベッドに横たわった。

祐馬も胸を高鳴らせながら添い寝し、腕枕してもらいながら、乱れたブラウスからはみ出した乳房に顔を迫らせた。

そして雫《しずく》の滲む乳首にチュッと吸い付き、舌で舐め取ると、

「あ……」

由紀子が小さく声を洩《も》らし、思わずギュッと彼の顔を胸に抱きすくめた。

顔中が豊かな膨《ふく》らみに埋まり込み、祐馬は甘ったるく濃厚な匂いに包まれながら夢中で吸った。

最初のうちは出が悪かったが、次第に唇で乳首の芯《しん》を挟むようにして吸うと、生ぬるい母乳がどんどん滲み出て舌を濡らしてきた。それは薄甘く、口いっぱいに濃いミルク臭が籠《こ》もった。

喉《のど》を潤《うるお》しながら吸い続けると、

「アア……、飲んでいるの。嫌じゃないの……」

由紀子が熱く喘《あえ》ぎ、彼の髪を撫《な》で回しながら朦朧《もうろう》となって言った。

やがて充分に吸い出して飲むと、やや膨らみの張りが和《やわ》らいできたように感じられた。祐馬は、もう片方の乳首に吸い付くと、由紀子も仰向《あおむ》けの受け身体勢になって身を投げ出した。

恐らく出産以来、夫との性交渉もまばらになって、かなり由紀子は欲求を抱えているのだろう。

僅《わず》かな刺激にもビクリと肌が反応し、見なくても、もう割れ目が熱い愛液でヌルヌルになっていることが分かるようだった。

それでも、まだ辛《かろ》うじて母乳を吸って張りを和らげるという建て前は完全に崩していなかった。

しかし祐馬が左右とも、充分に母乳を吸い出し、チロチロと舌で転がすと、さすがに由紀子も息を弾《はず》ませ、クネクネと身悶《みもだ》えはじめていた。

あらかた左右の乳首の母乳が出尽くすと、祐馬は乱れたブラウスの中に潜《もぐ》り込み、由紀子の腋《わき》の下に鼻を埋め込んだ。

するとそこには、玲香と同じく、柔らかな腋毛が色っぽくたくわえられていたではないか。

無駄毛処理をしない主義の家系なのかと思ったが、まあたまたまであろう。玲香は三十代半ばで処女であり、誰とも付き合っていなかったし、由紀子も出産以来、そうした余裕がなかったに違いない。

腋には、乳に似た甘ったるい汗の匂いが濃厚に沁《し》み付いていた。

祐馬は美人妻の体臭で鼻腔《びこう》を満たし、再び左右の乳首を交互に舐め、時には歯で軽く刺激した。

「アア……、いい気持ち……」

由紀子も我を失い、されるまま身を投げ出して喘いでいた。

祐馬は白い首筋を舐《な》め上げ、上からピッタリと由紀子に唇を重ねた。

「ンン……」

彼女は、朦朧としながら熱く鼻を鳴らし、舌の侵入を許した。

祐馬は美人妻の滑《なめ》らかな歯並びを舐め、生温かな唾液《だえき》にまみれて蠢《うごめ》く舌を貪《むさぼ》った。由紀子の口の中は甘い匂いが満ち、鼻腔に引っかかるような濃い刺激が含まれていた。

玲香よりずっと匂いが濃厚なのは、家に一人で留守番をし、昼食後のケアもしなかったので、これぐらいの濃度になったのだろう。

祐馬は美女の息の匂いに興奮を高め、執拗《しつよう》にチロチロと舌をからめては豊かな乳房を探った。

由紀子も激しく舌をからめ、彼の舌に吸い付いてきた。

ここまで来たら、もう最後まで大丈夫だろう。

ようやく唇を離すと、祐馬は手早く自分の服を脱ぎ去って全裸になりながら、由紀子の足の方に移動した。

両のソックスを脱がせ、足裏に顔を押し付けて舌を這《は》わせ、指の間に鼻を押しつけて嗅《か》ぐと、そこは汗と脂《あぶら》にジットリ湿り、ムレムレの匂いが濃厚に沁み付いていた。

祐馬は美人妻の足の匂いを貪り、爪先にしゃぶり付いて順々に舌を割り込ませていった。

「あう！　何をするの、汚いのに……」

由紀子はビクッと脚を震わせ、一瞬我に返ったように声を洩らした。

しかし祐馬が隅々までしゃぶり、もう片方の足も味と匂いを堪能《たんのう》すると、彼女も肌の強《こわ》ばりを解き、クネクネと身悶えはじめていた。

そしてスカートの裾《すそ》をめくり、下着に指を掛けて引き脱がせていくと、由紀子も拒《こば》まずされるままになった。

丸まった下着を両足首からスッポリ脱がせると、祐馬は脚の内側を舐め上げ、白くムッチリとした内腿《うちもも》をたどっていった。

しかし割れ目に向かう前に、彼女の両脚を浮かせて豊満な尻に迫った。

指で谷間を広げると、ピンクの蕾《つぼみ》が、出産で息《いき》んだ名残《なごり》かレモンの先のように僅かに突き出て、何とも艶《なま》めかしい形状をしていた。

鼻を埋めると顔中に双丘《そうきゅう》の丸みが密着し、汗の匂いに混じった秘めやかな微《び》香《こう》が悩ましく籠もっていた。

祐馬は美女の匂いに刺激されながら舌を這わせ、つぼまった襞《ひだ》を舐めて濡らすと、ヌルッと潜り込ませて粘膜を味わった。

「あぁッ……、ダメ……！」

由紀子が、また驚いたように口走って肛門を締め付けた。恐らく宮司《ぐうじ》の婿養子からは、こうした行為などはしてもらっていないのだろう。

祐馬が舌を出し入れさせるように蠢かすと、鼻先にある割れ目からは泉のようにトロトロと大量の愛液が溢《あふ》れ出てきた。

やがて彼は舌を引き抜いて脚を下ろすと、割れ目に指を当てて陰唇《いんしん》を広げた。

中は綺麗なピンクの柔肉《やわにく》で、襞の入り組む膣口《ちつぐち》が妖《あや》しく息づき、大きめのクリトリスも真珠《しんじゅ》色の光沢《こうたく》を放って突き立っていた。

そのまま濃く密集した茂《しげ》みに鼻を埋めて嗅ぐと、生ぬるく甘ったるい汗とオシッコの匂いが馥郁《ふくいく》と鼻腔を搔《か》き回してきた。

舌を這わせ、淡い酸味のヌメリを掻き回し、膣口からクリトリスまで舐め上げると、

「アァッ……、き、気持ちいい……！」

由紀子が声を上ずらせて喘ぎ、量感ある内腿でキュッときつく彼の両頬《りようほほ》を挟み付けてきた。

そして祐馬が執拗に舌を這わせるたび、彼女は小さなオルガスムスの波を受け止めているようにヒクヒクと肌を波打たせ、やがてグッタリとなってしまった。

2

「ね、今度は僕にもして……」

祐馬が添い寝して囁《ささや》くと、荒い呼吸を繰り返していた由紀子もノロノロと身を起こし、乱れていたブラウスとスカートを脱ぎ去り、一糸《いっし》まとわぬ姿になって彼の股間へと顔を移動させていった。

彼も仰向けの受け身体勢になり、期待と興奮に屹立《きつりつ》したペニスをヒクヒク震わせた。

大股開きになると、由紀子は真ん中に陣取って腹這《はらば》い、彼の股間に顔を寄せて

きた。熱い息がかかり、幹の裏側から先端までヌラリと舐め上げ、尿道口《にょうどうこう》から滲む粘液を舌先で拭《ぬぐ》い取った。

さらに丸く開いた口で亀頭にしゃぶり付き、スッポリと喉の奥まで呑《の》み込み、幹を締め付けてチュッと吸い付いた。

「ああ……、気持ちいい……」

祐馬は快感に喘ぎ、美女の口の中で幹を上下させた。

彼女も熱い鼻息で恥毛《ちもう》をくすぐりながら、上気《じょうき》した頬《ほお》をすぼめて執拗に吸い、クチュクチュと舌をからめてペニスを生温かな唾液にまみれさせた。

やはり何人かの女性を知っても、みな吸引や舌の蠢きが微妙に異なり、どれも実に心地よかった。テクニックの優劣もあるのだろうが、まだ未熟な祐馬にとっては、女性がペニスをしゃぶってくれるだけで充分すぎる感激と快感が得られるのだった。

「ンン……」

由紀子は先端が喉の奥に触れるほど呑み込み、小さく呻《うめ》いた。さらに顔を上下させ、スポスポと強烈な摩擦を繰り返してくれた。

「い、いきそう……、跨《また》いで入れて下さい……」

すっかり高まった祐馬は言い、彼女の手を握って引っ張り上げた。

由紀子も誘われるまま前進し、彼の股間に跨がり、自らの唾液に濡れた先端を割れ目に押し当て、位置を定めてゆっくり腰を沈み込ませていった。

たちまち張りつめた亀頭が潜り込むと、あとはヌメリと重みで、ヌルヌルッと滑らかに根元まで納まった。

「アアッ……！」

由紀子が顔を仰《の》け反《ぞ》らせて喘ぎ、キュッと締め付けながら股間を密着させた。

祐馬も肉襞《にくひだ》の摩擦と締め付けに包まれ、中で幹を震わせながら、両手を伸ばして彼女を抱き寄せた。

由紀子もゆっくり身を重ね、まだ互いに動かず温もりと感触を味わった。

顔を上げ、また母乳が滲んでいる乳首を含んで吸い、もう片方にも手を這わせて揉《も》むと、

「ああ……、もっと強く……」

由紀子が喘ぎ、我慢できずに腰を動かしはじめた。祐馬も左右の乳首を交互に含み、時に歯を立てて刺激しながら、徐々に股間を突き上げた。

たちまち互いの動きがリズミカルに一致し、大量の愛液が律動《りつどう》を滑らかにさせ

た。そしてクチュクチュと淫らに湿った摩擦音が響き、互いの股間がビショビショになった。

「い、いきそう……」

由紀子が口走り、祐馬も本格的に突き上げながら、乳首から口を離して唇を求めた。

彼女も上からピッタリと唇を重ねて舌をからめ、祐馬は美女の甘い唾液と吐息に酔いしれながら動きを速めていった。

「舐めて……」

舌を引っ込め、祐馬は言いながら美女のかぐわしい口に鼻を押しつけた。

由紀子も舌を這わせ、ヌラヌラと彼の鼻の穴を舐め回し、唾液にまみれさせてくれた。祐馬は、美女の甘い刺激を含んだ口の匂いに高まり、そのまま昇り詰めてしまった。

「いく……、アアッ！」

突き上がる快感に喘ぎ、ありったけの熱いザーメンをドクドクと内部に注入すると、

「熱いわ、いい気持ち……、ああーッ……！」

噴出《ふんしゅつ》を感じた途端に由紀子もオルガスムスのスイッチが入ったように口走り、ガクンガクンと狂おしい痙攣《けいれん》を開始し、膣内の収縮も最高潮にさせた。

祐馬は心地よい摩擦の中、最後の一滴まで出し尽くし、満足しながら徐々に突き上げを弱めていった。

「アア……、こんなに感じたの初めて……」

由紀子は精根尽き果てたように言うと、肌の強ばりを解いてグッタリともたれかかってきた。

祐馬も重みと温もりを受け止め、まだ息づく膣内でヒクヒクと過敏に幹を震わせ、甘い息を嗅ぎながら余韻《よいん》に浸《ひた》ったのだった。

しばし重なったまま荒い呼吸を繰り返していたが、やがて由紀子がノロノロと身を起こしていった。

「大丈夫かしら……、姉の布団を濡らしてしまって……」

股間を引き離し、急いでティッシュを取り割れ目を拭った。

もちろん祐馬が念じれば、玲香は何も気づかず、ここで何かあったなど夢にも思わないだろう。

やがて二人でベッドを下り、玲香のバスルームを勝手に使わせてもらった。

シャワーの湯で身体を洗い流すと、湯を弾《はじ》いて脂の乗った肌が甘く香り、また祐馬はムクムクと回復してきてしまった。

「こうして」

彼は床に座ったまま言って、目の前に由紀子を立たせた。そして片方の足をバスタブのふちに載《の》せさせ、開いた股に顔を埋めた。

湯に濡れた恥毛からは、もう大部分の体臭も洗い流されてしまっていたが、舌を這わせると新たな愛液がヌラヌラと溢れてきた。

「オシッコしてみて」

「まあ、出来ないわ、そんなこと……」

言うと由紀子がビクリとみじろいで答えたが、もちろん彼が念じれば逆らうことはできないのだ。

「アア……、舐めないで……、出ちゃうわ……」

由紀子がガクガクと脚を震わせて喘ぎ、たちまち柔肉の味わいと温もりが変化し、ポタポタと温かな雫が滴《したた》って彼の舌を濡らしてきた。

「あう……、ダメ……」

彼女は息を詰め、とうとうチョロチョロと放尿《ほうにょう》を開始してしまった。

それを舌に受け、祐馬は喉に流し込んだ。それは温かく、味も匂いも淡いもので抵抗が無かった。

「アア……」

由紀子は彼の頭に手をかけて喘ぎながら、勢いを付けてきた。口から溢れた分が胸から腹に伝い、回復したペニスを温かく浸した。

しかしピークを越えると急激に勢いが衰え、また再びポタポタと滴るだけとなった。

祐馬は残《のこ》り香《が》の中で舌を這わせ、余りの雫をすすった。しかし、すぐに残尿が洗い流され、新たな愛液の淡い酸味とヌメリが割れ目内部に満ちていった。

舌を離すと、彼女は脚を下ろして力尽きたようにクタクタと座り込んできた。

「ね、また勃《た》っちゃった……」

「もう今日は堪忍《かんにん》……、そろそろ主人も帰ってくるだろうから……」

甘えるように言うと、由紀子は嫌々をして答えた。とことんオルガスムスを感じてしまったので、もう充分なのだろう。

「じゃ、お口でして……」

祐馬は身を起こし、バスタブのふちに腰を下ろして由紀子の顔の前で股を開いた。すると由紀子も、すぐに両手のひらでペニスを包み込み、唇を寄せてきてくれた。

「ええ、いっぱいミルク飲んでもらったから、今度は私が飲んであげる……」

彼女は言い、先端をヌラヌラと舐め回し、たまに豊かな乳房にペニスを挟み、両側から揉んでくれた。

「ああ……」

祐馬も快感に専念して喘ぎ、舌のヌメリと肌の感触に高まった。

彼女は喉の奥まで呑み込んで吸い付き、舌をからめながら顔を前後させ、クチュクチュとリズミカルに摩擦してくれた。溢れた唾液が糸を引いて顎《あご》から滴り、それも実に艶めかしい眺《なが》めだった。

祐馬も我慢しなかったので、すぐにもゾクゾクするような絶頂が襲ってきた。

「い、いく……!」

突き上がる快感に口走り、二回目とも思えない量のザーメンが勢いよくほとばしって、由紀子の喉の奥を直撃した。

「ク……!」

噴出を受け止め、彼女が小さく呻きながら、なおも舌の蠢きと吸引を続行してくれた。

祐馬も腰を前後させ、美女の口を犯《おか》すように刺激されながら、心置きなく最後の一滴まで出し尽くしていった。

ようやく動きを止めると、由紀子も亀頭を含んだまま口に溜まったザーメンをゴクリと一息に飲み干してくれた。

「ああ……」

嚥下《えんげ》とともにキュッと締まる口腔《こうこう》に、彼は駄目押しの快感を得て喘いだ。

3

「まあ、来てくれたの……!」

祐馬が武道場を訪ねると、玲香が嬉しげに目を輝かせて迎えてくれた。

彼は、由紀子に訊いて玲香のいる大学までバイクで来たのだった。女子大だが開放的で、バイクで乗り入れても何も言われなかったが、それは彼のパワーによるものなのだろう。

そして玲香が剣道場にいることもすぐ分かり、祐馬は迷わずに来たのだった。

玲香は、たまに日本史の講師として母校に来て、たまにこうして剣道部の後輩の稽古を見に来ているらしい。

道場内には女子大生の甘ったるい汗の匂いが濃厚に籠もり、十人ほどの選手が竹刀を打ち合わせていた。

「剣道は、したことある？」

床に座ると、玲香が顔を寄せて囁いてきた。まさかさっき彼が妹とセックスしたなど夢にも思っていないだろう。

女子剣道部員も、いきなり入ってきた祐馬が気になるようだが、玲香が親しげにしているので、努めて稽古の手を休めることはなかった。

「いいえ、ありませんが」

「出来そう？　万能のパワーで」

「ええ、出来るでしょうが、彼女たちにショックを与えてはいけないから」

祐馬は、稽古風景を見ながら答えた。新入生などはおらず、みな二段か三段クラスらしい。

「与えていいわ。この強化選手たちは、少々天狗《てんぐ》になっているから」

「そうですか。では十人まとめて相手をしましょうか」

「本当？」

彼の言葉に、玲香は期待に息を弾ませて立ち上がった。

「稽古やめ！　ちょっといいかしら」

玲香が手を叩いて言うと、一同は稽古を止め、礼を交《か》わして彼女の方を見た。

「彼は私の遠縁で、星野祐馬君。浪人の十八歳よ。剣道の天才なので、十人がかりで稽古をつけてもらって」

「十人がかり……？　どういうことです」

主将らしい一人が怪訝《けげん》そうに訊いてきた。

「十人でいっぺんにかかって。少しでも彼に竹刀がかすればそれで終わり。でも彼に一本取られた子は離脱して」

玲香が言い、彼は防具も着けず、傍《かたわ》らにあった竹刀を手にして道場に進んだ。

「靴下は脱がないと滑るわ」

「大丈夫でしょう」

玲香が言ったが祐馬は答え、十人の部員はいきり立ったようだ。

「防具無しでいいんですか。怪我《けが》をしても知りませんよ」

「ええ、彼に触れることが出来れば上出来よ」

玲香も彼のパワーを信じ切って言うと、十人もやる気を出して祐馬を取り囲んできた。

祐馬は連中に一礼し、竹刀を構えた。

「では、はじめ！」

玲香が言うなり、正面の子がいきなり飛び込み面を仕掛けてきた。

防具を着けていなくても、玲香の許しが出たのだからと遠慮なく挑《いど》みかかってきたのだ。

祐馬は軽々と竹刀を弾き飛ばして抜き胴。返す刀で別の子の小手打ち、さらに背後にいた子に出鼻面《でばなめん》。一対一の剣道ではなく、複数を相手にした居合道《いあいどう》の三方《さんぽう》斬《ぎ》りや四方《しほう》斬りの応用だった。

「ほら、一本取られたものは離脱！」

玲香の声が飛び、さらに祐馬は連中に攻撃させる暇《ひま》も与えず、素早く身を躱《かわ》して方向転換し、次々に面や小手、胴に竹刀を打ち付けていた。

一本取られたものは残念そうに中央から離れ、息を切らして成り行きを見守っていた。

最後に残ったのが主将。彼女は上段に構え、祐馬は青眼《せいがん》で間合いを詰めた。

そして彼女が左手一本で面に打ち込んでくる寸前、彼も左手一本で突きを見舞

って いた。

「アッ……！」

彼女は声を上げ、尻餅《しりもち》を突いた。

「それまで！」

玲香が言うと、祐馬は彼女に駆け寄った。

「済みません。大丈夫ですか」

「え、ええ……、参りました……」

声を掛けると、主将は面金《めんがね》の間から何とも気の強そうな眼差しを向けて答え、生ぬるく甘酸っぱい息の匂いを揺らめかせた。

彼女が立ち上がると、祐馬は呼吸ひとつ乱さず一同に礼をして竹刀を戻し、玲香の隣に戻った。玲香も、万能のパワーを信じながらも、あまりの彼の技の凄さに息を弾ませていた。

「ね、世の中にはどうにもならないほど強い天才がいるの。いつも好成績だからといい気にならず、これからも稽古に励みますように」

「はい、分かりました」

主将が答え、一同も素直に一礼した。

「じゃ、私はこれで帰るわね」

「先輩、彼をお借りして構いませんか」

玲香が言って立ち上がると、主将が言った。

「ええ、いろいろ教えてもらいなさい」

玲香が言い、祐馬に頷《うなず》きかけて先に道場を出ていった。

「どこの高校？　試合には多く出たの？」

玲香がいなくなると、十人が彼を取り囲んでいろいろ訊いてきた。面を着けていても、みな美形ということが分かり、祐馬は名前まで分かってしまった。

「いえ、祖父に教わっていたので、クラブ活動はしていないし試合も出たことないんです」

「まあ、勿体ない……」

主将が言う。彼女は高尾美沙《たかおみさ》、四年生の引退間近で三段。

とにかく美沙は稽古を再開させ、たまに手を休めては祐馬の助言を仰《あお》いだ。

祐馬も的確に連中の長所と欠点を見抜き、アドバイスした。

やがて夕方になって稽古は終了。二、三年生の七人が着替えて帰ってゆき、四年生の三人が残った。

「もっとお話ししたいわ。夕食ご一緒にどう？」

「ええ、構いません」

言うと、三人は顔を輝かせて急いでジャージに着替え、気が急《せ》くようで、シャワーも浴びずに道場を出てきた。

美沙は長身で短髪、眉《まゆ》の濃いきりりとしたボーイッシュな美形。もう一人はポニーテールで切れ長の目をした進藤志織《しんどうしおり》。残るはセミロングに雀斑《そばかす》が魅力の松山《まつやま》弓子《ゆみこ》。みな三段の腕前で二十二歳。今まで部を引っ張ってきた負け知らずのトリオであった。

やがて祐馬はバイクを引いて、三人と一緒に大学を出ると、一同は店ではなく近くにある美沙のマンションに入った。

中は広いリビングにキッチン、洋間には布団が三組敷かれっぱなしになっているので、何かとこの三人で合宿しているようだ。もちろん室内には、女子大生たちの甘ったるい体臭が生ぬるく充満していた。

夕食と言っていたのに、三人はいきなり祐馬を布団に誘った。

「ね、強さの秘密を知りたいの。脱いで身体を見せて」

彼を布団の上に座らせ、三人が彼を取り囲むようにして言った。

「え、ええ……」

祐馬も興奮に股間を熱くさせながら頷き、自分で脱ぎはじめた。

さっき由紀子相手に二回射精してきたが、もちろん相手さえ変われば無尽蔵《むじんぞう》に性欲が湧《わ》いてくるし、何しろ未知のパワーがある。

「全部よ。ここに寝て」

美沙が言い、祐馬もとうとう全裸になって仰向けになった。

「すごい、色白で手足も細いわ」

「女の子みたいに綺麗な肌。でも、すごく勃ってる……」

三人は彼を取り囲んで言い、やがて屹立したペニスに熱い視線を注いだ。

しかし、まだ触れてはこなかった。

「ね、祐馬君。私たち三人が、なぜ無敵なのか分かる？」

美沙が訊いてきた。

「もしかして、処女だから？」

祐馬は、思ったことを答えた。

「そうよ。その通り。私たちは稽古に専念して、他校の女子部員のように男と遊ぶことなどしてこなかったからなの」

「でも、今度が引退試合だし、初めて私たちを負かした男の子だから、最後の試合ぐらいは体験者として出てもいいわね」

「三人で、同じ相手とするなら気持ちも乱れないわ」

美沙、志織と弓子も口々に言った。

どうやら三人は気持ちも同じらしく、この三人は女同士で戯《たわむ》れた経験もあるのではないかと祐馬は思ったのだった。

4

「とにかく、男の子の身体を観察させてもらいましょう」

美沙が言い、仰向けの祐馬を大股開きにさせ、真ん中に腹這いになって顔を寄せてきた。

志織と弓子も、美沙の左右から頬を寄せ合うように覗き込んできた。

祐馬は三人の処女の熱い視線と息を股間に感じ、幹をヒクヒクと震わせた。

「綺麗だわ。あんなに暴れたのに汗の匂いがしない」

美沙が言い、恐る恐る幹に触れ、指で撫で回してきた。

「これ、お手玉みたい」

志織が陰嚢《いんのう》に触れ、コリコリと二つの睾丸《こうがん》を確認して言った。さらに袋をつまんで持ち上げ、肛門の方まで覗き込んだ。

「綺麗なピンクだわ……」

弓子も張りつめた亀頭に触れ、指の腹で尿道口から滲む粘液を拭った。

「ああ、いきそう……」

祐馬も、三人分の愛撫《あいぶ》に高まり、降参するように言った。

「いいわ、まず一回出しちゃって」

美沙が言い、とうとう唇を寄せ、舌で触れてきたのだった。

まずは陰嚢を舐め回すと、他の二人も彼の内腿を舐め、やがて幹を舐め上げてきたではないか。

三人が顔を突き合わせ、熱い息を混じらせてペニスを舐め回した。

女同士の舌が触れ合っても気にしないようなので、やはりレズごっこの体験もあるのだろうと彼は確信した。

まるで三姉妹が一本のキャンディに群がるようだ。

それぞれの舌先がチロチロと亀頭に這い、尿道口の粘液も交互に舐められた。

さらに美沙がパクッと亀頭にしゃぶり付き、モグモグと根元までたぐるように呑み込んで、吸い付きながらクチュクチュと舌をからませてきた。

美沙がスポンと口を引き離すと、すかさず志織が含み、同じように吸い付きながらチュパッと引き離した。

弓子もしゃぶり付いて舌をからめ、たちまちペニスは三人分の生温かな唾液にまみれて絶頂を迫らせた。

「い、いきそう……」

「いいわ、出しても。じゃ一口ずつね、彼のパワーをもらいましょう」

祐馬が降参するように腰をよじって言うと、美沙が答え、本格的に亀頭をしゃぶり、スポスポと摩擦してきた。

たちまち限界が来て、祐馬は大きな絶頂の快感に全身を貫《つらぬ》かれた。

「く……！」

突き上がる快感に呻くと同時に、熱い大量のザーメンがドクドクと勢いよくほとばしって美沙の喉の奥を直撃した。

「ンン……」

美沙が噴出を受けて呻き、主将として最も濃い第一撃を味わった。そして口を離すと、すぐに志織が亀頭を含んでザーメンを吸い、最後に弓子がしゃぶり付いて余りを全て吸い出してくれた。

「味はないけど生臭《なまぐさ》いわ」

「でも温かくて、栄養がありそう」

飲み込んだ美沙と志織が感想を述べてヌラリと舌なめずりし、弓子は喉に流し込みながら、なおも尿道口をチロチロと舐め続けた。

「ど、どうか、もう……」

祐馬は過敏に反応し、クネクネと身悶えながら降参すると、ようやく弓子も舌を引っ込めて顔を上げた。

刺激から解放され、祐馬は身を投げ出して荒い呼吸を繰り返した。

「じゃ、回復する間に私たちシャワー浴びてくるから待っててね」

「い、いえ、今のままで……」

美沙が言って立とうとするのを、祐馬は懸命に押しとどめた。

「え？　このままでいいの？」

「ええ、女性の匂いを知りたいから……」

「でも、男の子が思っているより、ずっと臭いかも知れないわよ」

「構わないです。どうか洗わないで……」

祐馬が必死になって言うと、三人も顔を見合わせ、その場でジャージを脱ぎはじめてくれた。

「させてもらうのだから言う通りにするけど、嗅いでから洗ってこいなんて言わないでね」

美沙が言い、とうとう三人ともためらいなく最後の一枚まで脱ぎ去り、一糸まとわぬ姿になってしまった。さすがに三人とも鍛えられ、肩や二の腕は逞《たくま》しく、腹部も引き締まっていた。

「どうしてほしい？」

「足の指から嗅いでみたい」

「まあ……、いいのかしら……」

祐馬が言うと、また三人は顔を見合わせながらも、一緒になって立ち上がり彼の顔の方に移動してきた。すでにパワーのあるザーメンを飲んでいるから、彼の気持ちも伝わりやすくなっているのかも知れない。

「踏んでいいの？　知らないわよ」

美沙が言い、二人に支えられながら片方の足を浮かせ、そっと足裏を彼の顔に載せてきた。

さすがに毎日道場の床を踏みしめているだけあり、足裏は大きく逞しく、指も太くしっかりしていた。

祐馬は、生温かな感触を味わい、指の股に鼻を割り込ませ、汗と脂の湿り気を貪った。ムレムレの匂いが悩ましく鼻腔を刺激し、すぐにも射精直後のペニスがムクムクと反応した。

祐馬は爪先にしゃぶり付いて、順々に指の股を舐め回した。

「あん……、変な気持ち……」

美沙が喘ぎ、ガクガクと長い脚を震わせた。

「わあ、また勃ってきたわ。やっぱりいい匂いなのかしら……」

彼の股間を見た志織が言い、美沙は足を交代させ、祐馬はそちらも味と匂いを心ゆくまで貪った。

すると志織と交代し、祐馬は、同じぐらい蒸れた匂いを味わい、両足とも堪能してから弓子の足も充分に愛撫したのだった。

「なんか、申し訳ないみたい。私たちより強い子に足を舐めさせるなんて……」

弓子も声を震わせて言い、三人とも相当に濡れてきたようだった。

「顔にしゃがみ込んで……」

言うと、最初に美沙がやや緊張の面持ちで跨がり、ゆっくりしゃがみ込んできた。逞しく長い脚がM字になり、熱く濡れた割れ目が一気に祐馬の鼻先に迫ってきた。

恥毛は薄い方で、綺麗なピンクの陰唇がはみ出し、大きめのクリトリスも僅かに覗いていた。

指で開くと、処女の膣口が息づき、ポツンとした尿道口と真珠色のクリトリスが丸見えになった。

「アア……、恥ずかしいわ。真下から見られるなんて……」

美沙が声を震わせ、濡れた柔肉を蠢かせた。祐馬は腰を抱き寄せ、柔らかな茂みに鼻を埋め、舌を這わせはじめた。

汗に湿った恥毛には甘ったるい汗の匂いが濃厚に籠もり、それにほのかな残尿臭の刺激と、愛液の生臭い成分も入《い》り交《ま》じり、嗅ぐたびに鼻腔までムレムレに湿ってくるようだった。

膣口の襞を掻き回し、淡い酸味のヌメリをすすりながらクリトリスまで舐め上げると、

「あぁッ……、いい気持ち……」

美沙がうっとりと喘ぎ、白く引き締まった下腹をヒクヒクと波打たせた。

「気持ち良さそうだわ……」

覗き込んでいる志織と弓子も期待に息を震わせて言い、待つ間に祐馬の爪先を二人でしゃぶってくれた。

祐馬は、美人女子大生たちの生温かな口の中で舌のヌメリを感じながら美沙のクリトリスを吸い、さらに尻の真下に潜り込み、顔中に双丘を受け止めながら谷間の蕾に鼻を押しつけた。

そこも汗の匂いに混じり、秘めやかな微香が悩ましく籠もり、彼は充分に嗅いでから舌を這わせて襞を濡らし、ヌルッと潜り込ませて粘膜を味わった。

「あう……、そんなところも舐めてくれるの……」

美沙が、次第に朦朧となって言いながら、モグモグと肛門で舌先を締め付けてきた。

やがて前後を舐め尽くすと、今度は志織が交代してしゃがみ込んできた。

志織の茂みにも汗とオシッコの匂いが生ぬるく濃厚に籠もり、祐馬は悩ましい体臭に噎《む》せ返りながら舌を這わせ、蜜をすすってクリトリスを味わった。

「アア……、いいわ、もっと吸って……」

志織も夢中になって割れ目を押し付けて言い、彼も懸命に吸い付いて愛液を受け止めた。尻の谷間にも移動し、味と匂いを貪り、同じように舌を潜り込ませてやった。

最後に弓子の番で、待っている間にも期待が高まって一番愛液が大洪水になっていた。一番大人しげな顔立ちの弓子も蒸れた匂いは二人と同じぐらいに濃く、彼の股間を刺激してきた。

そして祐馬は三人の前と後ろを存分に舐め回し、すっかり回復したのだった。

5

「ね、入れたいわ。三人が入れ終わるまでいかないで」

美沙が、元の硬さと大きさを取り戻したペニスを見ながら言った。

「え、ええ……」

「私たちはバイブで慣れているから、すぐいってしまうから我慢してね」

美沙が言って祐馬の股間に跨がってきた。

この順番だと、三人目の弓子に中出しして良いらしい。もちろん射精したばかりだから、耐える自信はあるが、それにしてもバイブ挿入での絶頂も知っているとは驚きであった。

そして美沙は幹に指を添え、愛液に濡れた割れ目を押し付け、位置を定めて腰を沈み込ませてきた。

たちまちペニスはヌルヌルッと滑らかな肉襞の摩擦を受け、美沙の内部に根元まで没していった。

「アアッ……、温かいわ。バイブとは違う……」

美沙が完全に座り込み、股間を密着させて顔を仰け反らせた。

それは、バイブほど硬くはないが血の通った温もりは心地よいだろう。

とにかく破瓜《はか》の痛みもなく、美沙は最初から快感を覚えながら股間を擦《こす》りつけ
彼の胸に両手を突っ張りながら喘いだ。

しかも美沙の絶頂を速めるように、左右から志織と弓子が彼女の乳首に吸い付いたではないか。

膣内の収縮が活発になり、粗相《そそう》したように大量の愛液が漏れて動きが滑らかになった。そして彼女が激しく股間をしゃくり上げるように動くたび、クチュクチュと卑猥《ひわい》に湿った摩擦音が響いた。

「い、いっちゃう……、ああーッ……！」

美沙が声を上ずらせ、ガクガクとオルガスムスの痙攣を開始した。祐馬も何とか耐えきることが出来、やがて美沙がガックリと突っ伏し、そろそろと股間を引き離していった。

彼女は横になると、すかさず志織が跨がり、美沙の愛液にまみれたペニスを処女の膣口に受け入れていった。これもバイブに慣れているだろうから、ためらいなく座り込み、キュッと締め付けてきた。

「アア……、いい気持ち……」

志織が熱く喘ぎ、すぐにもグリグリと股間を擦りつけてきた。

祐馬は、微妙に温もりや感触の違う膣内に包まれ必死に暴発を堪《こら》えていたが、志織もすぐに果ててしまった。

「いく……、すごいわ……！」

志織は何とも色っぽい表情で仰け反り、ヒクヒクと肌を波打たせた。

祐馬も膣内の収縮に、辛うじて射精せずに済んだ。

志織も快感を嚙《か》み締めて力を抜くと、すぐに股間を引き離し、美沙とは反対側に横になっていった。

残った弓子もすぐに跨がり、二人分の愛液にまみれたペニスを膣口に押し当てゆっくり腰を沈めてきた。

ヌルヌルッと根元まで入ると、やはり微妙に異なる温もりと感触が得られ、祐馬はきつい締め付けの中で快感を味わった。

「ああ……」

弓子は喘ぎながらすぐに身を重ね、彼も最後の一人と思うと、顔を上げて薄桃色の乳首に吸い付いた。雀斑《そばかす》があり上品な顔立ちの弓子は、色白の胸元にも細かな雀斑があり、甘ったるい体臭が魅惑的だった。

すると、余韻の中で呼吸を整えていた二人も、左右から彼の顔に乳房を押し付けてきたのだ。

一人だけ余計に愛撫されることに妬《や》けたのかも知れない。

祐馬も、柔らかな膨らみで顔中揉みくちゃにされながら、順々に乳首を含んで舐め回していった。

三人分の乳首を味わい、甘ったるい濃厚な汗の匂いに誘われ、さらに彼は順々に腋の下にも鼻を埋め込んで美人女子大生たちの体臭に噎せ返った。

さらに下から弓子に唇を重ねると、左右から美沙と志織も顔を寄せ、舌を割り込ませてきたではないか。

祐馬は三人の唇を味わい、それぞれ滑らかに蠢く舌を順番に舐め回し、混じり合った生温かな唾液をすすって喉を潤した。

三人とも、熱く湿り気ある吐息は甘酸っぱい果実臭を含み、祐馬は胸の奥まで女子大生たちの息の匂いに満たされた。

「もっと唾《つば》を飲ませて……」

言うと、三人は懸命に唾液を分泌《ぶんぴつ》させ、代わる代わる口を寄せてトロトロと彼の口に白っぽく小泡の多いシロップを吐き出してくれた。

祐馬は味わって飲み込み、うっとりと酔いしれながら股間の突き上げを激しくさせていった。

「アア……、いい気持ち、いきそう……」

弓子が熱く喘ぎ、応《こた》えるようにリズミカルに腰を動かした。

「舐めて……」

高まりながら言うと、左右から美沙と志織が彼の耳や頬を舐め回し、弓子のかぐわしい口に鼻を押しつけると、彼女もヌラヌラと舌を這わせてくれた。

「ああ、いい……」

祐馬は、三人の混じり合った息の匂いに絶頂を迫らせ、顔中ミックス唾液でヌルヌルにされながら突き上げを速めた。

すると、先に弓子がオルガスムスに達した。

「いく……、アアーッ……！」

弓子が喘いでガクガクと狂おしい痙攣を開始し、祐馬も膣内の収縮に巻き込まれて、続けて絶頂に達してしまった。

ありったけの熱いザーメンをドクンドクンと勢いよく注入すると、

「あう、熱いわ……！」

噴出を感じ、駄目押しの快感を得たように弓子が口走り、さらにキュッときつく締め上げてきた。

祐馬は何とも贅沢《ぜいたく》な快感の中、三人分の温もりと匂いを味わいながら最後の一滴まで絞り尽くしていった。そして満足しながら突き上げを弱めていくと、弓子もグッタリと力を抜いてもたれかかってきた。

「ああ……、良かったわ……」

弓子が荒い呼吸を繰り返して言い、祐馬もまだ収縮する膣内でヒクヒクと幹を震わせた。そして三人の果実臭の息と唾液の匂いを嗅ぎながら、うっとりと余韻を味わった。

三人の処女が、それぞれあっという間にオルガスムスに達するという異様な状況で、彼は何度でもセックスできそうな興奮を得た。

やがて弓子がそろそろと股間を引き離すと、左右の二人が立たせ、バスルームへ移動していった。

祐馬も急いで呼吸を整え、あとから中に入ると、洗い場は案外広かった。

四人でシャワーを浴びて身体を洗い流すと、祐馬は床に座り、例のものを求めてしまった。

「ね、オシッコかけて……」

「まあ、そんなことされたいの？　でも、私たちの大事な人のお願いなら……」

美沙が言い、三人は彼の正面と左右に立って股間を突き出してきた。

しかも、みな割れ目に指を当ててグイッと左右に広げ、出るところを見やすくしてくれた。

「いい？　本当に出るわ……」

美沙が言うと、他の二人もすっかり尿意《にょうい》を高めて下腹に力を入れた。

同時に、それぞれの割れ目からチョロチョロとオシッコが漏れ、緩《ゆる》やかな放物線を描いて彼の両頬と口に注がれてきた。

祐馬は順々に味わい、肌にも浴びながらまたムクムクと回復した。

味も匂いも淡いものだが、さすがに三人分となると独特の匂いが鼻腔を刺激してきた。

「ああ、変な気持ちだわ……」

ゆるゆると放尿しながら美沙が息を弾ませて言い、三人とも遠慮なく勢いを増して注ぎ続けた。

彼はそれぞれの流れで喉を潤し、温かなシャワーにまみれて激しく勃起《ぼっき》した。

やがて勢いが衰え、ポタポタと雫が滴ると、また順番に割れ目に口を付けて舌を挿《さ》し入れ、余りの雫をすすった。

完全に放尿が治《おさ》まると、また四人で全身を洗い流し、身体を拭《ふ》いてバスルームを出た。

「今度は、私の中でいって」

美沙が言い、また四人で全裸のまま布団に戻った。

もちろん祐馬もすっかり回復し、もう一回する気になっていた。

「今度は後ろからして」

美沙が言うと、志織と弓子も四《よ》つん這《ば》いになって尻を突き出してきた。

三人の形良い尻が並ぶと、祐馬も激しい興奮に包まれながら迫っていったのだった……。

第四章　メガネ美女の熱き欲望

1

「あ、祐馬君。この人は私がサークルでお世話になってる先輩の上杉静乃《うえすぎしずの》さん」

祐馬が理江を迎えにバイクで駅まで行くと、ちょうど出て来た彼女が紹介して言った。

静乃は、二十歳《はたち》になったばかりの二年生らしく、ロングヘアにメガネで、図書委員ふうの実に清楚《せいそ》な美女だった。大人しい性格らしく、彼に小さく会釈《えしゃく》しただけである。

「こんにちは。星野祐馬です。どうしよう。送ろうかと思って来たんだけど」

祐馬は静乃に挨拶《あいさつ》し、理江に言った。

「ええ、せっかくだけど私お友達の家に寄らないといけないの。ごめんね」

「いや、勝手に来ただけだから構わないよ。じゃあまた」

祐馬は言い、前回も理江に会いにいって母親の亜津子と出来たが、また今回も空振りしたことを残念に思った。

「あ、静乃さんを送ってあげて。バスで遠いの。ね、そうして下さい」

理江が、後半は静乃に言った。

大人しげな静乃は断るだろうと思ったが、

「ええ、じゃお願いします」

何と祐馬に言ったのだった。

「じゃお送りしましょう」

祐馬は彼女にヘルメットを渡して答え、理江もそれを見て手を振り、友人の家の方へと歩きはじめてしまった。

「じゃ、しっかり摑《つか》まってて下さいね」

祐馬は、静乃がロングスカートで後部シートに跨《また》がったのを確認して言い、エンジンを掛けた。静乃も、恐らく初めて乗るであろうバイクに息を震わせ、しっかりと両手を回してきた。

そして走りはじめると、背後から密着する静乃の情報が、勾玉《まがたま》の神通力《じんずうりき》で伝わってきた。

（まだ処女。性への好奇心が八十パーセント、そして残りが羞恥心《しゆうちしん》によるためらいだが、可愛くて明るい理江への嫉妬《しっと》から、彼氏を奪いたい気持ちも僅《わず》かに混じっている……）

祐馬はバイクを走らせながら、静乃が抱けることを確信した。

それにしても、玲香も剣道部のトリオも処女だったが、この四人は初めてといっても異質の部分があり、真っ当な処女は、理江だけであった。

だから、ここのところ処女続きであったが、静乃は久々に正統派の処女ではないかと思って期待した。

「恐いわ。あまり飛ばさないで……」

肩越しに静乃が言い、両腕に力を入れた。

祐馬も、ややスピードダウンして、信号待ちで道を訊《き》き、あとはものの五分ほどで静乃の住むハイツに到着した。

二階建てで四所帯。彼女の部屋は一階だった。

「大丈夫？」

祐馬は、バイクを降りて少しよろけた静乃を支えて言った。

「ええ、少し休んでいって下さい」

静乃が言い、祐馬もヘルメットを脱ぎ、言葉に甘えて部屋に入った。

キッチンは清潔にされ、ワンルームタイプで奥にベッド、手前に机と本棚。実に機能的に整頓されていた。ぬいぐるみやポスターなどもないから、ガリ勉一筋なのかも知れない。

静乃は彼を学習机の椅子に座らせ、急いで茶を淹《い》れてくれ、自分はベッドの端に腰を下ろした。

「理江から聞いてます。高校時代のクラスメートらしいですね」

「ええ、付き合うと言うほど頻繁《ひんぱん》に会ってないんですけど」

「でも羨《うらや》ましいです。私、男子と付き合ったこと一度もありません」

静乃が言う。中学高校と女子ばかりで、クラブも文芸部だったようだ。

「じゃ、キスしたことも？」

「ありません、そんなこと一度も……」

訊くと、静乃は首を振って即答した。その反応で、かなり好奇心が激しく、いま密室に二人きりという状況も強く意識しているようだった。

「あなたがたは、もうエッチしたのですか」

静乃が、意を決したように訊いてきた。

「一度だけです。夢中で良く覚えていないけれど」

祐馬は、初々しい印象を崩さずに答えた。

「理江は、泣いたりしなかったですか」

「ええ、緊張している僕などより度胸があったようです」

「そう……、誰でも、中高生の頃に体験するようですからね……、でも、恥ずかしくて想像が付きません。どんな行為なのか……」

静乃が俯《うつむ》き、モジモジと言った。

しきりに両膝《りょうひざ》を掻《か》き合わせているので、奥が疼《うず》いているのかも知れない。

それに引っ込み思案で、このチャンスを逃《のが》すと当分何もないという思いもあるのだろう。

「嫌でなければ、理江にしたのと同じことを静乃さんにしていいですか?」

「え……、そんな……、さっき知り合ったばかりなのに、そんなこと……」

思い切って言ってみると、静乃が弾《はじ》かれたようにビクリと身じろぎ、声を震わせて答えた。

「途中で嫌だったら止めますので」

「でも……、あなたは大丈夫なのですか。会ったばかりの私にそんな……」

「とっても綺麗だし、淑《しと》やかな人は大好きですので」

祐馬は言い、彼女の隣へ移動して横から密着した。

「あ……」

静乃が肩をすくめたが、拒《こば》みはしなかった。

甘ったるい匂いが漂い、彼女の興奮も高まっていることが分かった。

祐馬は肩を抱き、俯いている静乃の顎《あご》に手をかけて上向かせ、顔を寄せて唇を重ねていった。

「ウ……」

静乃が小さく呻《うめ》き、レンズの奥で長い睫毛《まつげ》を伏せた。

まだ軽く触れ合わせているだけだが呼吸がか細く震え、柔らかな感触とともに熱く湿り気ある吐息が感じられた。ほとんど静乃の息は無臭に近いが、常人以上のパワーを持つ嗅覚《きゆうかく》で嗅《か》ぐと、やはりほのかに甘酸っぱく清らかな果実臭が感じられた。

まだ舌は挿《さ》し入れず、数秒で彼は唇を離した。

「大丈夫ですか」

訊くと、静乃は再び俯き、苦しげに口呼吸しながら小さく頷《うなず》いた。

「じゃ、脱ぎましょう。全部」

祐馬は言って彼女のブラウスのボタンを外してゆき、左右に開いた。

「じ、自分で……」

すると静乃も意を決したように言い、自分で脱ぎはじめてくれた。祐馬もいったん立ち上がり、手早く全裸になってしまい、先にベッドに潜《もぐ》り込み、甘い匂いの沁《し》み付いた枕を嗅いで激しく勃起《ぼっき》した。

静乃も立ち上がってブラウスを脱ぎ、ブラを外し、ロングスカートとソックスを脱ぎ去った。そして最後の一枚を引き下ろすと、白く豊かな尻が突き出され、やがて全裸になった彼女は急いで横に滑り込んできた。

色白でほっそり見えたが、案外胸も尻も丸みを帯《お》びている。メガネを外して枕元に置くと、さらに知的に整った素顔が現れた。

祐馬は彼女の腕を横に伸ばしてくぐり、腕枕してもらった。

「あん……、私が腕枕を……？」

「ええ、僕は年下ですから、お姉さんに少し甘えたいです」

「ああ、いけない。シャワーを浴びていないわ……」

彼が腋《わき》の下に鼻を埋めると、静乃は慌てたように言った。

「とってもいい匂い」

「う、うそ……、今日は体育があったんです……」

祐馬が腋の匂いを嗅ぎながら言うと、静乃は声を震わせて言い、身を硬くしていた。

体育と言っても、この淑やかなお嬢様は皆と一緒に少し動いただけだろう。体臭も薄い方らしく、甘ったるい汗の匂いは感じられるものの、例の剣道部トリオに比べたら無臭に近かった。

祐馬は何度も深呼吸し、スベスベの腋に舌を這《は》わせ、目の前に息づく白い膨《ふく》らみを観察した。乳首は薄桃色で、張りと光沢《こうたく》のある乳輪も淡い色合いをして周囲の肌に微妙に溶け込んでいた。

「く、くすぐったい……」

腋を舐《な》めると静乃がクネクネと身悶《みもだ》え、小さく言って息を弾《はず》ませた。

やがて祐馬は顔を移動させ、初々しい乳首にチュッと吸い付き、舌で転がしながら顔中を膨らみに押し付けて感触を味わった。

柔らかく、陥没《かんぼつ》しがちだった乳首も、優しく吸って舐めるうち次第にコリコリと硬く突き立ってきた。

「アア……」

ヌラリと舐めて吸い付くたび、静乃がビクリと震えて熱く喘《あえ》いだ。

祐馬は、もう片方の乳首も含んで舐め回し、完全に彼女を仰向《あおむ》けにさせてのしかかっていった。

静乃も、すっかり羞恥やためらいを捨て、覚悟を決めて身を投げ出していた。

2

「ああ……、恥ずかしい……」

祐馬が肌を舐め下りていくと、静乃がクネクネと身悶えて喘いだ。

彼は白く張り詰めた腹部に顔を埋め込み、形良い臍《へそ》を舐め、腰骨から太腿《ふともも》へ下りていった。

股間の翳《かげ》りは淡いが、その部分は最後だ。

脚もスベスベで無駄毛はなく、彼は足首まで行ってから足裏に回り込み、舌を這わせながら指の間に鼻を押しつけた。

さすがにそこは汗と脂《あぶら》に湿り、蒸れた匂いが沁み付いていた。

充分に嗅いでから爪先にしゃぶり付き、桜色の爪をそっと嚙《か》み、指の股に順々

に舌を割り込ませていくと、

「あう、ダメ……！」

静乃が息を詰めて呻き、指先で彼の舌を挟み付けながら腰をよじらせた。

祐馬は全て舐め尽くし、もう片方の足も味と匂いを貪《むさぼ》ってから顔を上げた。

そして彼女をうつ伏せにさせ、踵《かかと》からアキレス腱を舐め上げ、汗ばんだヒカガミから太腿に頬《ほお》ずりし、白い尻の丸みを舌でたどっていった。

腰から背中を舐めると、淡い汗の味がし、さらに黒髪に顔を埋めて甘い匂いを嗅ぎ、耳の裏側や首筋も舐めてから、尻まで戻ってきた。

指でムッチリと谷間を広げると、綺麗に襞《ひだ》の揃《そろ》ったピンクの蕾《つぼみ》がひっそり閉じられていた。

鼻を埋めて嗅ぐと双丘《そうきゅう》が顔中に密着し、秘めやかな微香《びこう》が生々しく胸に沁み込んできた。

舌を這わせて襞を濡らし、ヌルッと潜り込ませて粘膜を味わうと、

「く……、やめて……」

静乃が顔を伏せて呻き、キュッと肛門で舌先を締め付けてきた。

祐馬は舌を蠢《うごめ》かせ、尻の感触と締め付けを堪能《たんのう》し、ようやく顔を上げた。

再び彼女を仰向けに戻し、片方の脚をくぐって股間に顔を迫らせた。

白く滑《なめ》らかな内腿《うちもも》を舐め上げて割れ目に目を遣《や》ると、幼《おさな》げな縦線《たてせん》から僅かにピンクの花びらがはみ出しているだけの初々しい眺《なが》めだったが、驚くほど大量の蜜にまみれていた。

そっと指を当てて陰唇《いんしん》を左右に広げると、微《かす》かにクチュッと湿った音がし、中身が丸見えになった。

処女の膣口《ちつぐち》は薔薇《ばら》の花弁のように襞が入り組み、ヌメヌメとした愛液に潤《うるお》い、ポツンとした尿道口《にょうどうこう》も艶《なま》めかしく確認できた。クリトリスも綺麗な光沢を放ち、股間全体には熱気が籠《こ》もっていた。

「そ、そんなに見ないで……」

彼の熱い視線と息を感じ、静乃がヒクヒクと下腹を波打たせて言った。

「すごく綺麗です。舐めて、って言って下さい」

「い、言えないわ、そんなこと……」

股間から言うと、静乃が驚いたように息を詰めて答えた。あまり焦《じ》らしても仕方がないので、すぐに祐馬も柔らかな茂《しげ》みに鼻を埋め込んでいった。

理江より薄目の恥毛《ちもう》の隅々には、やはり生ぬるい汗とオシッコの匂いが可愛らしく籠もり、祐馬は何度も吸い込んで胸を満たし、やがて濡れた割れ目に舌を挿し入れていった。

膣口を舐め回すと淡い酸味のヌメリが動きを滑らかにさせ、そのままクリトリスまで舐め上げていくと、

「アァッ……！」

静乃がビクッと顔を仰《の》け反《ぞ》らせて喘ぎ、内腿でキュッときつく彼の両頬《りようほほ》を挟み付けてきた。

祐馬はもがく腰を抱え込んで押さえ、執拗《しつよう》にクリトリスを舐めては溢《あふ》れる蜜をすすった。さらに上の歯で包皮《ほうひ》を剝《む》き、完全に露出した突起《とつき》に吸い付きながら、指を膣口にそっと押し込んだ。

さすがに指やバイブの挿入などは未経験だろうから、中はきつい締め付けで指一本がやっとの感じだった。

それでも愛液の量が多いから、内壁《ないへき》を揉《も》みほぐすように小刻《こきざ》みに指を動かすうち、クチュクチュと滑らかに出し入れできるようになった。

「ああ……、い、いい気持ち……！」

静乃が声を上ずらせ、何度かガクガクと腰を跳ね上げて口走った。クリトリス

のオナニーぐらいは年中しているのだろう。

そして彼女がひときわ激しく反り返ると、急にグッタリと力を抜いて失神したように無反応になってしまった。舌と指と、羞恥だけでオルガスムスに達したようだった。

もう待ちきれず、祐馬も舌を引っ込めて身を起こし、そのまま股間を進めていった。先端を割れ目に擦《こす》りつけてヌメリを与え、位置を定めて処女の膣口に挿入した。

張りつめた亀頭が処女膜を丸く押し広げて潜り込むと、あとはヌメリに助けられ、ヌルヌルッと滑らかに根元まで吸い込まれていった。

「あう……！」

静乃が眉《まゆ》をひそめ、破瓜《はか》の痛みに呻いた。

しかし深々と納まり、祐馬は股間を密着させたまま身を重ね、肩に手を回してのしかかった。

中は熱く濡れ、息づくような収縮がペニスを包み込んだ。

祐馬は温もりと感触を味わいながら、再び唇を重ねていった。

今度は舌を挿し入れ、唇の内側を舐めて滑らかな歯並びをたどると、静乃の歯も怖《お》ず怖《お》ずと開かれた。

喘ぎ続けて口腔《こうこう》が乾《かわ》き気味になってきたせいか、口から洩《も》れる果実臭もさっきより悩ましく濃くなっていた。彼は美女の甘酸っぱい息を嗅ぎながら舌をからめ生温かく清らかな唾液《だえき》のヌメリを味わった。

そして快感に任せて徐々に腰を突き動かしはじめると、

「ンンッ……！」

静乃が顔をしかめて呻き、反射的にチュッと彼の舌に吸い付いたものの、すぐに口を離した。

「大丈夫？」

囁《ささや》くと、静乃も下から両手を回してしがみつきながら小さく頷いた。

しかし愛液の量が多いから、小刻みに動くうち滑らかになり、彼女も痛みが麻《ま》痺《ひ》したように肌の強《こわ》ばりが和《やわ》らいできた。

祐馬も、いったん動くとあまりの快感に腰が止まらなくなってしまった。

「あ……、ああ……」

静乃も間断《かんだん》なく喘ぎ、深く突き入れるたびビクッと身を仰け反らせた。

もう彼も股間をぶつけるように突き動かし、そのままフィニッシュまで突っ走ることにした。

どうせ初回から絶頂は無理だろうし、手助けするより自然に覚えた方が良いだろうから、少しでも早く終えて欲しいだろう。

何度目かの摩擦で、たちまち祐馬は大きな快感に全身を包まれてしまった。

「い、いく……！」

昇り詰めて口走り、熱いザーメンをドクドクと内部にほとばしらせると、

「あう……！」

静乃も噴出《ふんしゅつ》を感じたように呻き、キュッときつく締め付けてきた。快感というより、嵐が過ぎ去った安堵感《あんどかん》があったかも知れない。

祐馬は心ゆくまで快感を噛み締め、最後の一滴まで出し尽くした。

すっかり満足しながら動きを弱めていき、静乃の喘ぐ口に鼻を押し込んで果実臭の息を嗅ぎながら、うっとりと快感の余韻《よいん》に浸《ひた》り込んでいった。

完全に動きを止めると、

「これで、大人になったのね……」

静乃が荒い呼吸を繰り返しながら、小さく言った。

祐馬は呼吸を整え、そろそろと股間を引き離した。そして身を起こし、ティッ

シュを手にし、手早くペニスを拭《ぬぐ》ってから静乃の割れ目を観察した。

ザーメンの逆流する膣口に、僅かに血が滲《にじ》んでいたので優しく拭《ふ》いてやった。

「い、いいです、自分で……」

静乃が言って自分でティッシュを押さえ、すぐに身を起こした。そして少量の血を確認してからクズ籠《かご》に捨て、立ち上がってバスルームに行った。

祐馬も一緒について行き、互いにシャワーの湯を浴びると、ようやく静乃も体臭を消してほっとしたように椅子に座り込んだ。

後悔したり打ち沈んだ様子はなく、かえって二十歳で処女を捨て、さっぱりした感じだった。

祐馬は、バスルームということで、もちろん例のものを求めてしまった。

「ね、こうして、オシッコしてみて」

祐馬は床に寝転び、その顔の上に静乃をしゃがみ込ませて言った。

「そ、そんなこと、無理です……」

「どうしても欲しい。お願い」

祐馬は下から腰を抱え込みながら、少しだけパワーを使った。

「ああ……、どうして、そんなことを……」

静乃はしゃがみ込みながら嫌々をしたが、真下から割れ目を舐められ、次第に力が抜け、尿意《にょうい》が高まってきたようだった。

やがて祐馬が味わっているうち、柔肉《やわにく》が迫《せ》り出すように盛り上がり、愛液とは違う温もりと味わいが満ちていったのだった。

3

「で、出ちゃう、ダメ……、アアッ……！」

静乃は声を震わせながら、とうとうチョロチョロと放尿《ほうにょう》しはじめてしまった。

祐馬は口に受け、夢中で喉《のど》に流し込んだ。

「う、嘘《うそ》……」

飲み込む音を聞き、静乃は身震いしながらも止めようがなく、さらに勢いを増して彼の口に注いでしまった。

味も匂いも淡くて抵抗はないが、何しろ仰向けなので噎《む》せないよう注意しながら飲み込んだ。

やがて勢いが衰え、静乃がプルンと下腹を震わせて流れが止《や》んだ。

祐馬はなおも滴《したた》る雫《しずく》を舌に受け、割れ目内部を舐め回して余りをすすった。

すると新たな愛液が溢れ出して、淡い酸味のヌメリが舌の動きを滑らかにさせていった。

「ああ……、もうダメ……」

静乃は力尽き、思わず彼の顔にギュッと座り込みそうになって言い、懸命にバスタブに摑まって身体を支えた。

ようやく祐馬も下から這い出して身を起こし、もう一度互いにシャワーを浴びて、身体を拭いてから全裸のままベッドに戻ったのだった。

祐馬も、もう一回したかったし、静乃もまだ全裸のままくっついていたいようだった。

「私は、後輩の彼氏を奪ってしまったの……？」

「そうですよ」

静乃が、今度はしっかり彼の目を見て言い、祐馬も答えた。

「これからも、秘密で会えるのね」

「ええ、嫌でなければ何度でも」

「なぜ。理江が可愛くないの？」

「静乃さんが、あんまり魅力的だから」

祐馬は言い、枕元のメガネを取り、彼女に掛けてもらった。素顔も美しいが、メガネを掛けるとさらに知的な魅力がプラスされた。

そして上から唇を重ねてもらうと、静乃も処女を失ったことで何かが変化したか、自分から唇を押し付け、ヌルリと舌を挿し入れてきた。

サラリと流れる長い黒髪が彼の顔を覆《おお》い、内部に果実臭の息が熱く籠もった。

「もっと唾《つば》を出して。いっぱい飲みたい……」

唇を触れさせたまま言うと、静乃も嫌がらず、トロトロと口移しに生温かな唾液を注いでくれた。何しろオシッコまで飲ませたのだから、唾液ぐらい抵抗はないのだろう。

祐馬もうっとりと喉を潤し、清らかな唾液と美女の口の匂いに酔いしれながら完全に勃起していった。

ようやく唇を離すと、彼は仰向けのまま、彼女の顔を胸に移動させて乳首を突き出した。

静乃も、すぐに彼の乳首にチュッと吸い付き、舌を這わせてくれた。

息と髪が肌をくすぐり、祐馬は快感にクネクネと身悶えた。

「嚙んで……」

「大丈夫？」

言うと静乃は心配しながらも、そっと前歯で乳首を挟んでくれた。

「あうう、もっと強く……」

彼がせがむと、次第に静乃も遠慮なく歯を立てて甘美な刺激を与えてくれた。

そして左右の乳首を愛撫《あいぶ》してもらうと、さらに祐馬は彼女の顔を股間へと押しやった。

「そこは嚙まないで……」

言いながら股を開くと、静乃も真ん中に腹這《はらば》い、長い髪でサラリと内腿をくすぐりながら顔を寄せてきた。

彼女は熱い視線を寄せ、恐る恐る陰嚢《いんのう》に触れてきたので、祐馬は自ら両脚を浮かせて抱えた。

すると静乃は察したように舌を伸ばし、チロチロと肛門を舐めてくれた。

「ああ……、いい気持ち……」

祐馬は快感に喘ぎ、さらに彼女もヌルリと舌先を潜り込ませてきた。

彼は肛門で美女の舌を味わうようにモグモグと締め付け、やがて脚を下ろすと彼女もそのまま陰嚢を舐め回した。

二つの睾丸《こうがん》を舌で転がし、袋全体を唾液にまみれさせると、いよいよペニスに向かいはじめた。

「これが入ったのね……」

まずは幹に指で触れて言い、舌先で幹の裏側を舐め上げて先端まで来ると、尿道口から滲む粘液を舐め取ってくれた。

「ああ……」

祐馬は喘ぎながら、ヒクヒクと幹を震わせた。股間を見るとメガネの知的美女がペニスを舐め回し、何とも艶めかしい眺めだった。

さらに静乃は張りつめた亀頭をしゃぶり、そのままスッポリと喉の奥まで呑《の》み込んできた。

口の中は温かく濡れ、彼女は深々と含んで幹を丸く締め付けて吸い、熱い鼻息で恥毛をそよがせながら内部では執拗に舌を蠢かせた。

ペニス全体は清らかな唾液にまみれ、祐馬は高まりながら小刻みにズンズンと股間を突き上げはじめた。

「ンン……」

先端で喉の奥を突かれ、静乃は小さく呻き、さらに大量の唾液で肉棒を温かく浸してくれた。そして彼女も顔を上下させ、スポスポと強烈な摩擦を繰り返しはじめた。

「い、いく……、飲んで……」

祐馬は急激に高まって口走った。

どうせ立て続けの挿入はきついだろうから、このまま口でいかせてもらうことにしたのだ。

静乃も承諾するように摩擦と吸引を強め、たちまち祐馬はオルガスムスに達してしまった。溶けてしまいそうな快感に包まれ、ありったけの熱いザーメンを勢いよくほとばしらせた。

「ク……」

静乃は噴出を受け止めながら熱く呻き、さらにチューッと吸引してくれた。

祐馬は、魂まで吸い出されるような快感に身を反らせ、心置きなく最後の一滴まで出し尽くしてしまった。

そして彼がグッタリと身を投げ出すと、静乃も舌の動きと吸引を止めた。

亀頭をくわえたまま、口に溜まったザーメンをゴクリと飲み干すと、静乃の口の中がキュッと締まった。

「あう……、気持ちいい……」

祐馬は駄目押しの快感に呻き、ピクンと幹を上下させた。

ようやく彼女も口を引き離し、なおも幹を握ってしごきながら、尿道口に脹《ふく》らむ余りの雫も丁寧に舐め取ってくれた。

「く……、も、もういいです。有難う……」

祐馬は感じすぎ、過敏にペニスを震わせながら降参すると、静乃も舌を引っ込めて再び添い寝してきた。

「美味しかった……、祐馬君の精子……」

腕枕してくれながら呟《つぶや》き、祐馬も彼女の息を嗅ぎながら余韻を味わった。静乃の吐息にザーメンの生臭《なまぐさ》さは残らず、さっきと同じ可憐《かれん》で甘酸っぱい果実臭がしていた。

「あなたが帰ったあと、一人になったら寂しいわ……」

「大丈夫。またいつでも会えますから」

静乃が本当に寂しげに肌を寄せて言うので、祐馬は答えた。

そして彼女が強い寂しさに襲われないよう念じてやることにした。

「ねえ、嘘でもいいから好きと言って……」

静乃が顔を寄せて囁いた。女性は男と違い、済んだあとも執拗に愛を求めてくるものらしい。

「嘘じゃなく好きですよ。本当に」

「アア、嬉しい……」

祐馬が答えると、静乃は激しく彼の顔を胸に抱きすくめたのだった。

4

「あの三人に食べられちゃった？」

玲香が、レストランで祐馬に言った。今日も彼女は大学で、帰り道に祐馬は電話で呼び出されたのだ。

「三人が言ってましたか？」

「ううん、言わなくても、剣筋が変化したので分かったわ。あなたそっくりの、臨機応変の剣道になっていた」

「そうですか……」

「あれなら、処女でなくなっても無敵だわ。何しろあなたの精子パワーを吸収したのだから」

玲香は言い、レアのステーキを口に運んだ。彼女はワインを飲んでいるので、今日は車ではなく祐馬がバイクで送ることになっている。

「三人を相手にしたのだから、そのパワーも大したものだわ」

玲香は感心して言ったが、同じその日に玲香の妹も抱いているのだ。もちろん言うわけにいかないし、由紀子も、何事もなかったように姉と接していることだろう。

ただ玲香は、祐馬が誰とセックスしようと嫉妬はしていないようだ。全ては、淫水晶《いんすいしょう》の勾玉を介して交《まじ》わる日のため、彼が女体修業してくれれば良いと思っているのだろう。

「救世主を産むのはもう少し先にして。いま進めている研究書が仕上がるまで」

玲香が言う。

「ええ、もちろん。玲香さんの良いときに」

祐馬も答え、彼はアルコール抜きで食事だけした。

「受精したら、生まれるまで十月十日《とつきとおか》とは限らないし、救世主の母親として優遇されるか、腹を食い破られて死ぬか分からないから」

「そんなことにはならないとは思いますが……」

玲香の言葉に祐馬は答えたが、彼自身どうなるか分からないのである。

やがて食事を終えると、二人はレストランを出た。そして駐車場に停《と》めてあるバイクまで行くと、そこに数人の不良がたむろしていた。ドライブの途中で休憩していたのだろう。

「へえ、綺麗だな」

一人の男が、スーツ姿の颯爽《さっそう》たる玲香を見て言った。バイクは、連中の車の隣である。

「一緒に乗っていかない？　そんなガキじゃなく俺たちと」

もう一人も言い、三人が玲香と祐馬を取り囲んできた。

「ね、祐馬。何をしても誰にも見られず罪に問われないかしら」

ほろ酔いの玲香が、いきなり闘争心を露《あら》わにして目を輝かせた。

「ええ、そのようにパワーを仕向けます。でも殺さないように」

「もちろん、そんな楽な世界へは行かせないわ」

玲香は凄い笑みを洩らし、バッグから護身用らしいスチール製警棒を取り出して一振りすると、三段式警棒がカシンと伸びた。

「なにゴチャゴチャ言ってる。そんなもの出して。俺たちとやろうってのか」

武器を見た三人が、気色《けしき》ばんで言った。

「私が欲しかったらかかってきなさい。先祖代々のゴミ」

「なに、この女、ぐわッ……！」

いきなり横殴りに顎を砕《くだ》かれ、男は奇声を発して倒れた。

さすがにスナップの効いた、胸のすくような攻撃だった。もともと剣道の達人である玲香は、さらに祐馬のザーメンも吸収しているからパワーは倍加しているのだ。

「て、てめえ……！」

驚いた一人が怯《ひる》みながらも玲香に摑みかかろうとしたが、それも振り下ろされた警棒で鎖骨《さこつ》を砕かれて崩れた。

残る一人がポケットからナイフを取り出したが、見ていた祐馬が、爪楊枝《つまようじ》をくわえてプッと吐き出すと、それは一直線に飛んで男の眼球を貫通《かんつう》し、脳の入り口で止まった。

「むぐ……！」

男は膝から崩れ、たちまち三人は地を転がった。

「物足りないわ。なんて手応《てごた》えのない」

玲香は言い、なおも倒れている男たちの膝頭《ひざがしら》や足首を粉々《こなごな》に粉砕《ふんさい》すると、三人はひとたまりもなく泡を吹いて失神した。

「じゃ、行きましょうか」

祐馬はバイクに跨がってエンジンを掛け、彼女にヘルメットを渡した。

玲香も警棒を短くしてバッグにしまい、ヘルメットを被《かぶ》って後部シートに跨がってきた。

「燃えてるわ。家まで待てないから近くのモーテルへ」

玲香が背後からピッタリ身を寄せ、両手を回しながら囁いた。

祐馬も軽やかにスタートさせ、背中に玲香の温もりと胸の膨らみを感じながら国道沿いのモーテルへ向かった。

すぐに乗り込み、駐車場の上にある個室に入って機械で入金した。

玲香が上着を脱ぎ、バスルームに湯を張りに行き、祐馬はすぐにも服を脱いでいった。

もちろんパワーで、ケアしなくても匂いが不快でないよう操作したが、玲香はそのままで充分に魅惑的である。

戻った玲香も手早く脱ぎ、互いに全裸になるとベッドにもつれ合った。

「ああ……、可愛いわ、私の男……」

玲香が、仰向けにさせた祐馬にのしかかって熱く囁き、上からピッタリと唇を重ねてきた。

彼も抱き留め、激しく勃起しながらネットリと舌をからめた。

玲香の長い舌が潜り込んで彼の口の中を隅々まで舐め回し、彼は流れ込む生温かな唾液でうっとりと喉を潤した。

彼女の熱い吐息は、普段の甘い匂いにワインの香気《こうき》が混じり、それにほんのりしたガーリック臭も妖《あや》しい刺激を含んで鼻腔を掻き回してきた。

「ンン……」

玲香は舌をからめながら熱く鼻を鳴らし、しきりに彼の髪や頬を撫《な》で回してグイグイと唇を押し付けた。やはり初回のぎこちなさが取れ、あまりに大きかった快感をもう一度得たいようだった。

祐馬も滑らかに蠢く彼女の舌を舐め、唾液と吐息に酔いしれた。

ようやく唇が離れると、玲香は彼の頬まで舐め、大きく口を開いてキュッと歯を立ててきた。

「ああ、もっと強く……」

「いいの？　痕《あと》になっても知らないわ」

「大丈夫。残らないように出来るから」

「そうだったわね。全知全能に近いのだから、遠慮は要《い》らなかったわ。じゃ本気で食べてしまうわ……」

玲香は言い、さらに容赦なく彼の頬に嚙み付き、きりきりと歯を食い込ませてきた。歯型がつくほど嚙んでも痕にならないのだから、彼女も渾身《こんしん》の力を込めて嚙んだ。

「ああ……、いい……」

祐馬は甘美な痛みに身悶え、本当に妖しい美女に食べられているような興奮に激しく勃起した。しかも前回と違い、肉食後の獣《けもの》のような息の匂いが悩ましく胸に沁み込んだ。

「やっぱり嚙み切れるものじゃないわね。本当、痕がどんどん消えていく」

「玲香さん、こっちも……」

反対側の頬を差し出すと、玲香はそちらも容赦なく肉をくわえ込んで強く嚙み締めてくれた。

玲香も咀嚼《そしゃく》するようにキュッキュッと歯を立て、やがて彼の耳たぶも嚙み、首筋も舌と歯で愛撫しながら下降していった。

祐馬もじっと身を投げ出し、淫気《いんき》に燃えている美女の愛撫に全てを委《ゆだ》ねた。

彼女は祐馬の乳首に舌を這わせて貪るように吸い付き、そこにもキュッと強く嚙みついてきた。

「あう……、もっと……」

祐馬は痺《しび》れるような刺激に呻き、屹立《きつりつ》したペニスをヒクヒク震わせた。

玲香も彼を常人ではないと認識しているので、嚙みちぎる勢いで歯を食い込ませ、両の乳首を刺激的に愛撫した。

さらに脇腹にも歯を食い込ませながら、大股開きにさせた真ん中に腹這い、長い髪でサラリと股間を覆って、ペニスに顔を寄せた。

「そこだけは嚙まないで……」

「さあ、どうしようかしら。思い切り嚙み切ってしまいたいわ」

祐馬が言うと、玲香はからかうように言いながら舌を伸ばしてきた。

まずは陰嚢を舐め回して睾丸を転がし、優しく吸い付いてから舌先で幹の裏側を舐め上げた。

歯を当てない愛撫なので、祐馬も安心して身を任せた。

玲香も幹に指を添え、裏側から先端まで舐め上げると、尿道口から滲む粘液をチロチロと味わい、そっと亀頭にしゃぶり付いてきた。

そして軽く歯を当てて刺激したが、すぐに根元まで呑み込んで吸い付き、ネットリと舌をからみつけてきた。

「ああ……、気持ちいい……」

祐馬はうっとりと喘ぎ、美女の口の中で生温かく清らかな唾液にまみれた幹を震わせた。

玲香は深々と頬張《ほおば》って熱い鼻息で恥毛をくすぐり、モグモグと幹を丸く締め付けては舌を蠢かせ、果ては顔を上下させスポスポと摩擦してきた。

祐馬も下から股間を突き上げ、濡れた唇の感触と吸引に高まった。

「い、いきそう……」

警告を発すると、やがて玲香もスポンと口を引き離した。飲み込むより、今は早く一つになりたいようだった。

玲香が、今度は愛撫を求めるように仰向けになったので、祐馬も入れ替わりに起き上がり、身を投げ出した彼女に迫った。

まずは足裏に屈《かが》み込んで顔を押し当て、舌を這わせながら蒸れた指の股に鼻を埋めて嗅ぎ、爪先にしゃぶり付いていった。

5

「アア……、そんなところ舐めなくていいわ……」

祐馬が指の股に舌を挿し入れていくと、玲香がヒクヒクと脚を震わせ、焦《じ》れるように言った。

それでも彼は念入りに左右の足指の匂いと味を心ゆくまで貪り、ようやくスラリと長い脚の内側を舐め上げ、股間に迫っていった。

両膝の間に顔を割り込ませ、ムッチリと張りのある内腿を舐めると、

「嚙んで……」

玲香も期待に声を震わせてせがんできた。

祐馬も大きく口を開いて内腿の肉をくわえ込み、キュッと嚙み締めた。

「あうう……、もっと強く……」

彼女は声を上ずらせ、祐馬も美女の肌の弾力を味わった。

股間から発する熱気と湿り気が、悩ましい匂いを含んで彼の顔中を包み込み、はみ出した陰唇を濡らす愛液が内腿との間にまで糸を引いていた。

祐馬は歯型が付かない程度に左右の内腿を噛み、やがて割れ目に鼻先を寄せ、指を当てて陰唇を広げた。

中は愛液が大洪水になり、ピンクの柔肉がヌメヌメと潤っていた。

処女でなくなったばかりの膣口は襞を入り組ませて妖しく息づき、尿道口の小穴もキュッと閉じられ、真珠色《しんじゅ》のクリトリスが亀頭の形をしてツンと突き立っていた。

彼は吸い寄せられるように顔を埋め込み、柔らかな茂みに鼻を擦りつけ、甘ったるい汗の匂いとほのかな残尿臭を貪り、舌を這わせていった。

淡い酸味のヌメリをすすり、膣口の襞からクリトリスまで舐め上げると、

「アアッ……！」

玲香がビクッと顔を仰け反らせて喘ぎ、内腿でキュッときつく彼の顔を挟み付けてきた。

祐馬も執拗にクリトリスを舐め回し、上の歯で包皮を剝いて吸い付き、舌先で小刻みに弾くように刺激した。

「あう、いい気持ち……、もっと激しく……」

玲香が朦朧《もうろう》となりながら口走り、ヒクヒクと白い下腹を波打たせて悶えた。

祐馬は美女の体臭と蜜の味わいに酔いしれながら充分に愛撫し、さらに彼女の両脚を浮かせて尻に迫った。

谷間の蕾に鼻を埋め込み、顔中に密着する双丘の感触を味わいながら、籠もった微香を貪り、舌を這わせていった。

細かに触れる襞を濡らしてから舌を潜り込ませ、ヌルッとした粘膜を味わい、内部で執拗に蠢かせた。

「く……、もっと奥まで……」

玲香は、もうどこに触れても激しく感じて求め、キュッキュッと肛門で舌先をきつく締め付けてきた。

彼も舌を出し入れさせるように蠢かせてから、やがて引き抜いて脚を下ろし、再び新たな愛液にまみれた割れ目に舌を戻していった。

「い、入れて……」

と、玲香が腰をよじってせがんできた。

祐馬も待ちきれなくなっているので、すぐに身を起こして股間を進め、幹に指を添えて先端を割れ目に擦りつけた。充分にヌメリを与えてから位置を定め、ゆっくり挿入していった。

ヌルヌルッと根元まで押し込むと、

「アアッ……！」

玲香が身を弓なりに反らせて喘ぎ、キュッときつく締め付けてきた。

祐馬は股間を密着させ、脚を伸ばして身を重ねた。

そして温もりと感触を味わいながらまだ動かず、屈み込んで左右の乳首を交互に含んで舌で転がした。

張りのある膨らみに顔中を押し付け、コリコリと硬くなった乳首を舐め、軽く歯で刺激し、さらに彼は玲香の腋の下にも鼻を埋め込み、濃厚に甘ったるい汗の匂いに噎せ返った。

今日も一日動き回り、しかも恐らく生まれて初めてであろう活劇を演じ、かなり匂いも濃くなっていた。

やがて祐馬は、徐々に腰を突き動かして心地よい肉襞《にくひだ》の摩擦に高まった。

しかし玲香は動かず、彼を見上げて口を開いた。

「ね、祐馬に全部あげたい。お尻を犯《おか》して……」

「え……？　大丈夫かな」

言われて驚いたが、もちろん祐馬も好奇心に突き動かされた。それに、あまりに痛ければ力を貸すことも出来るのだ。

祐馬は動きを止めて身を起こし、そろそろと引き抜くと、玲香は自ら両脚を浮かせて抱えた。

見ると、割れ目から溢れた愛液が肛門にも伝い流れ、ヌメヌメと潤っていた。

彼は愛液にまみれた先端を蕾に押し当て、呼吸を計った。

「いい？」

訊くと玲香も頷き、口呼吸して括約筋《かつやくきん》を緩《ゆる》めた。

祐馬がグイッと一気に押し込むと、可憐な蕾が丸く押し広がって張りつめた亀頭をくわえ込み、襞がピンと伸びきって光沢を放った。

「あう……、もっと乱暴に奥まで……」

玲香が呻き、祐馬もズブズブと根元まで押し込んでいった。これで前も後ろも彼は玲香の処女を頂いたことになる。

股間を密着させると、下腹部に尻の丸みが当たって心地よく弾んだ。

さすがに入り口はきついが、中は思ったより楽で、ベタつきもなく滑らかな感触だった。

「痛くないですか」

「平気よ、どうか動いて中に出して……」

言うと玲香が脂汗《あぶらあせ》を滲ませて答え、彼も遠慮なく動くことにした。

最初はそっと引き抜き、抜ける寸前で再びヌルッと押し込み、それを繰り返すうち彼女も緩急《かんきゅう》の付け方に慣れてきたようで、次第にクチュクチュとリズミカルに動けるようになっていった。

「アア……、いい気持ち……」

玲香は喘ぎながら肛門を収縮させ、しかも自ら乳房を揉んで乳首をつまみ、もう片方の手は空いている割れ目に当ててクリトリスを擦りはじめた。

祐馬も膣とは異なる快感に高まり、腰の動きが止まらなくなっていた。

「い、いっちゃう……」

たちまち玲香が声を上げ、激しくクリトリスを擦って愛液を漏らしながらガクガクと狂おしく身悶えた。

「いく……！」

同時に祐馬も絶頂の快感に貫《つらぬ》かれて口走り、ありったけの熱いザーメンをドクンドクンと勢いよく底のない穴の奥にほとばしらせた。

「あう、熱いわ……」

内部に満ちるザーメンを感じて玲香が呻き、さらに動きがヌラヌラと滑らかになった。祐馬は股間をぶつけるように突き動かしながら、心置きなく最後の一滴まで出し尽くしていった。

ようやく動きを止め、荒い呼吸を繰り返して余韻に浸ると、玲香もいつしか精根尽き果てたようにグッタリと身を投げ出していた。

引き抜こうとする前に、ヌメリと締め付けでペニスが押し出され、やがて排泄《はいせつ》されるようにツルッと抜け落ちた。

見ると肛門は一瞬丸く開いて粘膜を覗かせたが、徐々に元の可憐な蕾に戻っていき、特に裂傷《れっしょう》も起こしていなかった。

「すぐに洗った方がいいわ……」

玲香が言って懸命に身を起こし、祐馬と一緒にベッドを下りてバスルームへ行った。

そして互いにシャワーを浴びると、彼女が甲斐甲斐《かいがい》しくボディソープでペニスを洗ってくれ、中も流すため彼に放尿をさせた。祐馬も回復しそうになりながら懸命に出し切ると、もう一度彼女が洗い流してくれた。

「玲香さんも出して」

床に座ったまま言い、玲香を目の前に立たせると、彼女も股間を突き出して尿意を高め、やがてチョロチョロと放尿してくれた。

祐馬は口に受け、美女の淡い味わいと匂いを堪能しながら喉に流し込んだ。

「アア……、バカね……」

玲香は言いながらも、彼の頭を押さえつけながら、あまり溜まっていなかったようですぐに出し切った。

彼は残り香《のこ が》の中で割れ目を舐め回し、余りの雫をすすったが、すぐにも新たな愛液が溢れてきた。

「ね、今度は前に入れて……」

玲香も、まだまだ満足していないように言い、二人はもう一度シャワーの湯を浴びてから身体を拭いてベッドに戻った。

祐馬が仰向けになると玲香はペニスをしゃぶって濡らし、すぐ跨がってきた。

「アアッ……！　いい気持ち……」

ヌルヌルッと根元まで受け入れると、玲香は喘ぎながら身を重ねた。

祐馬も抱き留め、美女の重みと温もりに包まれながらズンズンと股間を突き上げた。

そして互いに股間をぶつけ合い、激しく昇り詰めていったのだった……。

第五章　アイドルの淫臭《いんしゅう》に興奮

1

「あの、良かったら僕とお茶しませんか」

祐馬は、ちょうどスタジオから出て来た美少女に声を掛けた。

彼は久々に、中央線で新宿《しんじゅく》まで出てきていたのだ。

自分の力がどこまで通用するのか、思い切って前から好きだったアイドルにターゲットを絞ったのである。

「え？　私が誰か知っているの？」

彼女は、愛くるしい大きな目で祐馬を見て、怪訝《けげん》そうに言った。

「もちろん、歌も演技も注目されている浅井香奈《あさいかな》ちゃん。僕はユーマ、ずっとファンだったんだ」

祐馬は言い、さすがにナマの本人を前に胸をときめかせた。

香奈は祐馬と同い年の十八歳。女子高生アイドルグループに属していたが、最近独立してシングルを出し、青春映画のヒロインで注目されている清楚《せいそ》な美少女だった。

今は仕事を終えたところだから派手な衣装ではないが、卒業しても高校生のような愛らしい私服姿だった。

「どうしよう……。私、一人で何しようとしていたのかしら……」

香奈が、戸惑いながら独りごちた。

何しろ祐馬の力で、彼女が一人で出てくるよう仕向け、誰にも気づかれず今日はオフになるようにしておいたのだ。

「疲れてるんだね。僕とノンビリしよう」

「ええ……、じゃ少しだけなら……」

香奈は答え、一緒に歩きはじめた。今日もキャンペーン回りやバラエティの収録を終え、だいぶ動き回ったようで、香水に混じり甘ったるい汗の匂いもふんわり漂った。

もちろん通行人も、誰も彼女だと気づかないよう操作し、やがて祐馬は彼女を歌舞伎町《かぶきちょう》のラブホテルへ連れて行った。

「じゃ、入ろうか」

「ここへ……？」

言われて驚いたが、祐馬が入っていくと香奈も取り残されまいと急いで従ってきた。

フロントで金を払ってキイをもらい、エレベーターで五階まで上がって、香奈が何も考える暇《ひま》もないうち二人は密室に入った。

「こんなところ入るの、何年ぶりかしら……」

香奈が室内を見回して言い、ソファに腰を下ろした。

「いつ以来？」

「その頃は地方だったけど、高一のとき彼氏がいたから何度か。でもデビューして別れて、三年ばかり全く何もないわ」

「会社の偉い人とかに抱かれるとか」

「そんなこと、まずないのよ。忙しいしスクープされちゃうし。あ、いま入る時大丈夫だったかしら……」

香奈が言う。どうやら男は一人しか知らず、この三年何もないというのも本当のようだった。

実際人気者だから、事務所の方も宝物のように扱っているのだろう。

「ああ、大丈夫。誰にも見られていないよ」

「ユーマ君て言ったわね。不思議な人ね」

「うん、念じると願いが叶うんだ。だからこうして二人でいられる」

「そう……、私も、どうしてここにいるのか分からないわ。でも、私の願いも叶えて欲しいわ」

「なに？」

「英語の勉強もしているから、ハリウッドデビュー」

「いいよ。今日これから僕と好きなだけエッチしたら、すぐにも願いが叶う」

「本当？」

「うん、信じれば必ず叶う」

「なんか、そんな気になってきたわ……」

「じゃ、脱ごうね」

祐馬は激しく勃起《ぼっき》しながら、先に服を脱ぎはじめた。

「シャワー浴びるわ。ゆうべ軽く浴びただけで、今日も朝からあちこち動き回っていたから」

「いいよ、今のままで。香奈ちゃんの自然のままの匂いが知りたいから」

「そんな、幻滅《げんめつ》するわ。アイドルなんて、テレビで見るだけなら良いけど、実際はすごく汚いの。汗かいても下着を替える余裕もないし、食後も歯のチェックをするだけでブラッシングする暇はないし、地方じゃ洗浄機のないトイレなんかもざらなの」

香奈が言う。

「記者やレポーターたちも、アイドルは忙しくて歯磨きの暇もないから臭《くさ》くても仕方がないって思ってるわ。もちろん臭いなんて言ったらインタビューが中止になるから、みんな黙っているけれど」

「わあ、なおさら嗅《か》いでみたい」

祐馬は期待に歓声を上げ、先に全裸になってから香奈のブラウスのボタンを外しはじめた。

「困ったわ。そういう趣味なの……？」

「うん、僕は綺麗にしてきたからね」

「本当、石鹸《せっけん》の匂いがするわ……」

香奈は言い、意を決したように途中から自分で脱ぎはじめてくれた。

祐馬はベッドへ行って布団をめくり、照明もやや暗くしたが、充分に彼女を観察できる程度にした。

やがて香奈がブラを外し、下着一枚でベッドに横たわった。

祐馬はまだ脱がせず、添い寝してアイドルの肢体《したい》を見下ろした。

顔立ちは理江より幼《おさな》げで、目が大きく人形のようだ。

乳房はツンと上向き加減に形良い張りを見せ、乳首も乳輪も初々しい桜色をしている。

「オナニーはするの？」

「するけど、たいていしてる間に眠ってしまうの……」

香奈が正直に答えた。

祐馬は顔を寄せてチュッと乳首に吸い付き、舌で転がしながらもう片方にも手を這《は》わせ、柔らかな膨《ふく》らみに顔中を押し付けた。

「あん……」

香奈がビクリと反応し、か細く声を洩《も》らした。

すぐにも乳首はコリコリと硬くなり、彼女の全身がうねうねと悶《もだ》えはじめた。

祐馬は左右の乳首を交互に味わい、感激と興奮に包まれた。

言っていただけあり、汗ばんだ胸元や腋《わき》からは濃厚に甘ったるい体臭が漂い、さらに彼女の息遣《いきづか》いも肌を伝って彼の鼻腔《びこう》をくすぐってきた。

香奈の吐息は、理江のように甘酸っぱい果実臭を想像していたが、実際は濃いオニオン臭で、祐馬は激しく興奮した。

やはり可愛すぎる顔立ちと匂いのギャップがあるほど興奮が増し、静乃のように無臭に近い清潔感よりずっと嬉しかった。

今後とも、可憐《かれん》な香奈をテレビで見るたび、この悩ましい刺激的な匂いを思い出すことだろう。

やがて両の乳首を堪能《たんのう》してから、彼は香奈の腕を差し上げ、スベスベの腋の下に鼻を埋め込んだ。

「あう、ダメ、汗臭いでしょう……」

「いい匂い……。やっぱりお人形じゃなく生きているんだ……」

祐馬はことさら犬のようにクンクン音を立てて嗅ぐと、さすがのアイドルも激しい羞恥《しゅうち》に息を弾《はず》ませて身をくねらせた。

生ぬるく濃厚に甘ったるい汗の匂いを吸収し、舌を這わせたが、味は特に感じられない。

祐馬は、もう片方の腋も嗅いでから、滑《なめ》らかな肌を舐《な》め下り、水着写真で見たことのある縦長《たてなが》の臍《へそ》を舐め、さらに腰から下着を通り越し、ムッチリした太腿《ふともも》に下りていった。

脚を舐め下りたが、やはりどこも磨き抜かれて滑らかだった。

足裏に行って顔を押し付け、踵《かかと》から土踏まずを舐め、指の股に鼻を割り込ませると、そこは剣道部トリオに匹敵するほど、汗と脂《あぶら》に湿って蒸れた匂いが濃く沁《し》み付いていた。

「あん、汚いわ……」

香奈が声を震わせて言ったが、彼は充分に嗅いでから爪先をしゃぶり、順々に指の股に舌を挿《さ》し入れて味わった。

「あうう……、ダメよ、くすぐったい……」

次第に彼女も朦朧《もうろう》となりながら身悶《みもだ》え、しきりにガクガクと脚を震わせた。

彼氏も高校生同士だったろうから、恐らくこんな部分を舐められるのは初めてだろう。

祐馬は両足ともアイドルの味と匂いを堪能し、充分に貪《むさぼ》ってから身を起こし、彼女の最後の一枚を引き脱がせていった。

両足首からスッポリ抜き取ると、さすがに香奈も羞恥に身を縮め、ゴロリと横向きになってしまった。

その隙に祐馬は下着を裏返し、割れ目の当たっていた部分を嗅いだ。そこは食い込みの縦ジワとレモン色の変色があり、繊維《せんい》の隅々にはムレムレの汗とオシッコの匂いが沁み付いていた。

彼は嗅ぐたびに激しくペニスを震わせ、やがて下着を置いて生身に向かった。

2

「アア……、やっぱりシャワー浴びたいわ……、ダメ？」

香奈はモジモジと言ったが、祐馬は構わず横向きの彼女の背後に回り、セミロングの髪に鼻を埋めて汗とリンスの匂いを嗅ぎ、汗の味のする背中を舐め下りていった。

そして腰から尻の丸みに顔を寄せ、指でグイッと谷間を広げると、可憐な薄桃色の蕾《つぼみ》がキュッと閉じられた。

とうとう香奈が、誰にも見せない部分にまで辿《たど》り着いたのだ。

祐馬は蕾に鼻を埋め込み、ひんやりした双丘《そうきゅう》を顔中で感じながら嗅いだ。

汗の匂いに混じり、生々しい匂いが悩ましく鼻腔を刺激してきた。

「ああ、可愛い匂い……」

「やん……!」

言うと、香奈がビクリと尻を震わせて声を上げた。

祐馬は何度も鼻を押しつけてビネガー臭に似た匂いを嗅いでから、舌先でチロチロと蕾の襞《ひだ》を濡らし、ヌルッと潜《もぐ》り込ませた。

「あう……」

香奈が呻《うめ》き、キュッと肛門できつく舌先を締め付けてきた。

滑らかな粘膜は、甘苦いような微妙な味わいがあり、これが超アイドルの味だと思うとゾクゾクと興奮が高まった。

祐馬が出し入れさせるように蠢《うごめ》かせると、香奈は違和感から逃《のが》れるようにゴロリと仰向《あおむ》けになってきた。その機を逃さず彼は片方の脚をくぐり抜け、香奈の股間に顔を迫らせた。

「わあ、可愛くて美味しそう……」

「あん、見ないで……」

大股開きにさせ、顔を寄せて言うと、香奈は羞恥に嫌々をした。割れ目を見られることより、シャワーを浴びていない匂いが気になるのだろう。

股間の丘がぷっくりして、楚々《そそ》とした若草が薄墨《うすずみ》でも刷《は》いたように淡く煙《けむ》り、割れ目からはみ出した花びらは少々肉厚で、まるで香奈自身の唇を縦に付けたような感じだ。

そっと指を当てて陰唇《いんしん》を左右に広げると、中は綺麗なピンクの柔肉《やわにく》。細かな襞が息づく膣口《ちつぐち》はヌメヌメと蜜にまみれ、小さな尿道口《にょうどうこう》も確認でき、包皮《ほうひ》の下からは真珠《しんじゅ》色した小粒のクリトリスも顔を覗かせていた。

恥毛《ちもう》の丘に鼻を埋め、柔らかな感触を味わいながら嗅ぐと、実に濃厚な匂いが鼻腔を刺激してきた。

大部分は腋に似た甘ったるい汗の匂いで、それにオシッコの匂い、さらに恥垢《ちこう》のチーズ臭も入《い》り交《ま》じり、悩ましく胸に沁み込んできた。

「いい匂い」

「ダメ、言わないで。そんなはずないわ……」

香奈は声を震わせて言ったが、彼が舌を這わせはじめると、内腿《うちもも》でムッチリと彼の両頬《りようほほ》をきつく挟み付けてきた。

祐馬は膣口を掻《か》き回し、ヌメリを味わった。

基本は淡い酸味のヨーグルト風味で、彼は柔肉をたどってクリトリスまで舐め上げていった。

「あぁッ……！」

香奈が顔を仰《の》け反《ぞ》らせて喘《あえ》ぎ、ヒクヒクと白い下腹を波打たせた。

愛液も量を増し、次第に彼女も羞恥より快感を多く感じるようになってきたようだ。

「気持ちいい？」

「ええ……、変になりそう……」

股間から訊《き》くと香奈が答え、さらに彼は濡れた膣口に指を潜り込ませ、内壁《ないへき》を摩擦しながらなおもクリトリスを吸い、舌先で弾《はじ》いた。

「あう、ダメ、オシッコ漏れちゃう……」

刺激に、彼女が尿意《にょうい》まで高めて口走った。

「いいよ、出して」

祐馬は答え、なおも舌と指で強烈な愛撫《あいぶ》を繰り返すと、

「い、いっちゃう……、アアーッ……！」

たちまち香奈はオルガスムスに達してしまい、声を上ずらせてガクガクと痙攣《けいれん》

した。同時にチョロチョロと温かなオシッコをほとばしらせ、祐馬は口を付けて夢中で飲み込んだ。

いったん快楽を知ったものが数年の間を置き、オナニーすら最後までしておらず欲求も溜まっていたのだろう。香奈は激しく仰け反りながら、あとは声もなくオシッコと愛液を漏らしてヒクヒクと震えた。

放尿《ほうにょう》は僅《わず》かで止み、やがて《や》彼女の硬直も解けてグッタリとなった。

祐馬は指を引き抜き、ビショビショになった割れ目を舐め、もう一度濃い体臭を胸いっぱいに吸い込んだ。

ようやく股間から這い出したが、かなりシーツにも沁み込んでしまい、グッタリしながら香奈は寝心地を悪そうにしていた。

「そこ濡れてるから、こっちへ来て」

祐馬は少しずれた場所に仰向けになって言い、大股開きになって香奈を真ん中に陣取らせた。

そして勃起したペニスを彼女の鼻先に突きつけると、

「ンン……」

香奈は余韻《よいん》に朦朧としながらも、小さく呻いてパクッと亀頭を含んでくれた。

祐馬は根元まで押し込み、生温かく濡れたアイドルの口の中でヒクヒクと幹を震わせた。

ファンの誰もが憧れる香奈の口に含まれているのだ。

彼女も頰《ほお》をすぼめて吸い付き、熱い息を股間に籠《こ》もらせながら、クチュクチュと舌をからみつけてきた。しゃぶっているうち彼女も徐々に余韻から覚め、次第に本格的に吸い付いて舌を蠢かせた。

「ここも舐めて……」

危うく果てそうになり、祐馬はペニスを引き抜いて陰囊《いんのう》を指した。

すぐに香奈も陰囊を舐め回して睾丸《こうがん》を転がし、優しく吸い付いてくれた。

さらに彼が両脚を浮かせて抱え、尻を突き出すと、彼女もためらいなく肛門をチロチロと舐め回してきた。

「ああ、いい気持ち……」

祐馬はうっとりと喘ぎ、ヌルッと潜り込んだ香奈の舌を肛門で締め付けた。

綺麗な歌声を出しロマンチックな台詞《せりふ》を言う彼女の舌が、いま自分の肛門に潜り込んでいるのだ。

やがて香奈は内部で舌を動かしてから引き抜き、彼も脚を下ろし、もう一度ペニスをしゃぶってもらった。

「ンン……」

香奈も喉《のど》の奥につかえるほど深く呑《の》み込んで呻き、チューッと吸い付いてスポンと引き抜いた。

「上から跨《また》いで入れて」

祐馬は言いながら、彼女の手を握って引っ張り上げた。香奈も素直に身を起こし、屹立《きつりつ》したペニスに跨がり、先端に割れ目をあてがった。

そしてゆっくり腰を沈め、肉棒を膣口に受け入れていった。

「アアッ……！」

香奈が顔を仰け反らせて喘ぎ、やがてヌルヌルッと根元まで納めて座り込んできた。祐馬はきつい締め付けと熱いほどの温もりに包まれ、香奈と一つになった感激を嚙《か》み締めた。

最初にCDを買ったのが二年前。その頃は、こうしてセックスできるなど夢にも思わなかったものだ。

やがて上体を起こしていられず、香奈が身を重ねてきた。

「痛くない？」

「ええ、いい気持ちよ、またいきそう……」

抱き留めながら囁《ささや》くと、香奈もとろんとした熱っぽい眼差しで彼を見下ろして答えた。

「上からキスして」

「ダメよ、匂いが気になるから……」

せがむと、香奈がためらいがちに言い、キュッときつく締め付けた。羞恥を覚えると愛液の量が増し、収縮が活発になった。

「大丈夫、いい匂いだよ」

祐馬は言って顔を抱き寄せ、ピッタリと唇を重ねた。

「ンン……」

香奈は微《かす》かに眉《まゆ》をひそめて呻き、濃厚な息の匂いを弾ませた。

甘酸っぱい少女本来の口の匂いに、悩ましいオニオン臭が混じり、それに唇で乾《かわ》いた唾液《だえき》の香りと、ほんのりしたプラーク臭まで感じられ、祐馬は美少女アイドルの口臭で鼻腔を刺激された。

舌を挿し入れてチロチロとからめ、滴《したた》る生温かな唾液をすすった。

我慢できず、ズンズンと小刻《こきざ》みに股間を突き上げはじめると、

「アアッ……、奥まで響くわ……」

香奈が口を離し、淫《みだ》らに唾液の糸を引きながら喘いだ。そして突き上げに合わせ、彼女も次第にリズミカルに腰を遣いはじめていった。

3

「ね、唾《つば》をいっぱい吐き出して。飲みたい……」

祐馬が言うと、香奈も愛らしい唇をすぼめ、白っぽく小泡の多い唾液をトロリと吐き出してくれた。

それを舌に受けて味わい、うっとりと喉を潤《うるお》した。

「美味しい……。ね、今度は思い切り僕の顔にペッて吐きかけて」

「そ、そんなこと出来ないわ……」

言うと、香奈が驚いたように答え、またキュッときつく締め上げてきた。

「これから、どんな役でも出来ないと困るよ」

「だって、何も悪いことしていない人に、そんなこと……」

「悪いことしてるよ。超能力で君を言いなりにさせちゃった」

「そうなの……？」

「うん、だからお願い。強く……」

股間を突き動かしながら言うと、とうとう香奈も大きく息を吸い込み、顔を寄せてペッと唾液を吐きかけてくれた。

濃厚な息の匂いとともに、生温かな唾液の固まりがピチャッと鼻筋を濡らし、生温かく頰の丸みを伝い流れた。

「ああ、気持ちいい……。清純派のアイドルが、こんなことして……」

「やあん……」

「それにお口がいい匂い。こんな可愛い子が、こんな濃い匂いをさせて嬉しい」

「ダメ、恥ずかしいから言わないで……、あん……」

恥じらう彼女の顔を引き寄せ、開いた口に鼻を突っ込んで執拗《しつよう》に嗅いだ。

濃厚な匂いが鼻腔を刺激し、もう彼も我慢できず激しく動きながら絶頂を迫らせていった。

肉襞《にくひだ》の摩擦と締め付けが実に心地よく、大量の愛液も律動《りつどう》を滑らかにさせ、ピチャクチャと淫らに湿った音が響いてきた。

「アア……、い、いきそう……！」

香奈も声を震わせ、激しく腰を遣いながら口走った。

「舐めて、顔中……」

祐馬が高まりながら言い、彼女の顔を抱き寄せると、彼女も興奮に任せて激しく舌を這わせてくれた。舌のヌメリを顔中に受け、唾液と吐息の匂いに彼は昇り詰めてしまった。

「いく……、香奈ちゃん……！」

突き上がる快感に口走り、大きな快感とともにありったけの熱いザーメンをドクドクと勢いよく柔肉の奥にほとばしらせた。

「ヒッ……、き、気持ちいい……、ああーッ……！」

噴出《ふんしゅつ》を受けると香奈が声を洩らし、そのままガクガクとオルガスムスの痙攣を開始した。

膣内の収縮が高まり、祐馬は何度も激しく股間を突き上げ、顔中美少女アイドルの唾液にまみれながら、心ゆくまで快感を味わい、最後の一滴まで出し尽くしていった。

そして満足しながら動きを弱め、香奈を抱き留めながら身を投げ出した。

「ああ……、こんなに感じたの初めて……」

香奈も言いながら、力尽きてグッタリと体重を預けてきた。

高校生同士の、ままごとのようなセックスに比べれば、今回の快感は絶大だったことだろう。

まだ膣内はキュッキュッとペニスを締め付け、そのたびに幹が過敏にヒクヒクと内部で上下した。

祐馬は美少女の重みと温もりを受け止め、湿り気ある濃厚な息を嗅ぎながら、うっとりと余韻を嚙み締めた。

香奈も失神したようにもたれかかり、荒い呼吸を繰り返していた。

もちろんこれから忙しくなる彼女を孕《はら》ませてはいけないので、いつものように彼は決して妊娠しないよう念を込めていた。

「も、もう、シャワーを浴びて歯を磨いてもいい……？」

ようやく息を吹き返したように香奈が言い、ノロノロと顔を上げた。

「うん、じゃ一緒に入ろう」

彼女が股間を引き離すと、祐馬も起き上がり、ティッシュの処理もせずそのまま二人でベッドを下りてバスルームへ移動した。

香奈は歯を磨きながらシャワーの湯を浴び、祐馬も股間を洗い流した。

そして身体を拭《ふ》き、また全裸のまま部屋へ戻ると、香奈の携帯が鳴っていた。

「マネージャーだわ……」

着信を見た彼女は言い、すぐ電話に出た。

「はい……、いえ、まだ新宿でお茶飲んでます。え……？　ハリウッドからお話が？　キャバレーじゃなく、アメリカのですね？」

香奈は言い、電話しながら思わず祐馬の方を見た。

「は、はい……、分かりました。すぐスタジオに戻ります……」

彼女は言って電話を切り、急いで服を着はじめた。

「信じられない。本当のことになったわ。ユーマ君のおかげよ。有難う」

香奈が顔を輝かせ、声を震わせて言った。

「うん、良かった。もっと有名になるよ」

答えて、祐馬も身繕《みづくろ》いをした。

「また会えるかしら。これきりじゃ嫌だわ……」

「ああ、でも忙しくなるから仕事を優先して」

言われて祐馬も携帯番号を交換しておいたが、会えるのはいつか分からない。

やがて服を着終わった香奈が、ソファに座ってコンパクトを開いた。髪は濡れていないから、薄化粧するだけで大丈夫だろう。

「待って、もう一度だけ……」

口紅《くちべに》を塗る前に祐馬は言い、顔を寄せて唇を重ねた。

彼女もキュッと押し付け、ヌラリと舌をからめてくれた。もう湿り気ある息は爽《さわ》やかな果実臭になっていて、少々物足りないぐらいだった。

やがて唾液と吐息を心ゆくまで味わい、ようやく唇を離すと、香奈も顔を整えて立ち上がった。

「じゃ、行くわね」

「うん、頑張って」

香奈に答え、やがて一緒に部屋を出た。途中まで一緒に歩き、彼女が出て来たスタジオが見えて来ると、そこで別れることにした。

「じゃ、応援しているよ」

「有難う。また連絡するわ。今夜のユーマ君とのこと忘れない」

香奈は言い、手を振ってスタジオに入っていった。それを見送りながら、祐馬も心地よい余韻の中で初夏の夜風に吹かれた。

4

「あの、スケートの浦川《うらかわ》マリーさんですよね？」

祐馬は、スポーツジムの前でアスリート美女に声を掛けた。香奈のことで味をしめ、さらに有名女性と関わりを持とうと思ったのだ。

しかも今回は自身の能力を試すため、さらなる趣向《しゅこう》を考えたのである。

マリーは二十一歳。日本人とアメリカ人のハーフで、女子フィギュアのホープだった。

栗色の髪に整った美形、ほっそりしているが胸と尻は女らしい丸みを帯《お》び、何と言っても脚の長さと太腿の筋肉が素晴らしかった。

オリンピック強化指定選手の一人で、以前からテレビで見るたびに祐馬はオナニー衝動に駆られていたものだった。

「ええ、どこかでお会いしましたっけ」

マリーは怪訝そうにしながらも、白い歯並びを見せてにこやかに答えた。

「いえ、初対面ですが、前から好きだったので」

祐馬は言いながら、一緒にジムに入った。

もちろん拒《こば》まれないようパワーを駆使しているので、最初からマリーは彼に好印象を抱いていた。

彼女は、隣接するリンクで一通りフィギュアの練習をし、調整のトレーニングでジムに立ち寄るところだった。

「着替えず、ここに入りましょう」

祐馬は言い、マリーを更衣室ではなくいきなりジムの中に招いた。中では、十数人もの女性たちがストレッチを行い、生ぬるく甘ったるい汗の匂いが濃厚に籠もっていた。

もちろん祐馬は男のいないフロアを選んだのだが、彼女たちからは、彼とマリーの姿が見えないよう操作していた。

「ここで何を？」

「セックスしましょう。人がいるところでするのも良いかと思って」

マリーが訊くと、彼はエアーマットを部屋の片隅に敷き、服を脱ぎはじめた。

「こんなところで？　大問題になるわ……」

「僕たちの姿は誰からも見えないようになってますので」

驚いて言うマリーに祐馬が答えると、彼女も一瞬で信じ込んでしまい、同時に激しい淫気《いんき》も催《もよお》してきたように、やがて服を脱いでいった。

やがてジムの片隅で二人が全裸になっても、ストレッチ中の女性たちは誰一人気づかず、黙々とトレーニングを続けていた。

とにかく彼は密室ではなく、多くの女性がいて匂いも籠もっている場所でしてみたかったのだ。

もちろんマリーは処女ではなく、アメリカ在住の折りに二人ばかりとセックスしたようだが、今は強化練習ばかりで忙しく、男に触れるのは二年ぶりぐらいだろう。

「どうして、こんなことになったのかしら……」

マリーが、白い肌を露《あら》わにし、エアーマットに仰向けになりながら呟《つぶや》いた。

「感じるように出来ているのだから、たまにはしておかないと。それに人に見られての表現力の練習になるかも」

祐馬は言いながら、彼女の均整の取れた肢体を見下ろした。

ほっそりしながら乳房は張りがあり、乳首も乳輪も初々しいピンクだった。

恥毛はややブロンドがかり、太腿が実に逞《たくま》しく引き締まっていた。

祐馬は覆《おお》いかぶさるようにして、乳首に吸い付き舌で転がした。

「アア……、恥ずかしいわ、こんなところで……」

マリーは息を弾ませて言い、それでも久々の快楽への期待に目をキラキラさせていた。

祐馬も、見られていないと知りつつ、多くの女性がいる部屋で愛撫を開始し、ゾクゾクするような興奮に包まれた。

練習を終えてすぐにジムに来たマリーの肌はジットリと汗ばみ、甘ったるい汗の匂いが濃厚に漂っていた。

乳首はコリコリと硬く突き立ち、祐馬は左右とも交互に舐め回し、腋の下にも鼻を埋めた。やはりどこか純粋な日本人とは異なる乳酪《にゅうらく》系の体臭があり、祐馬は充分に嗅いでからスベスベの腋を舐め回し、さらに滑らかな肌を舌で下降していった。

引き締まった腹部を舐めて臍を探り、腰から太腿に下りると、さすがに荒縄をよじり合わせたような筋肉が感じられた。

そして脚を舐め下り、足裏に顔を埋めると、そこも逞しく大きかった。

多くの技を繰り出す足裏を舐め、揃《そろ》った指の股に鼻を割り込ませた。

そこは汗と脂に湿り、蒸れた匂いが濃厚に籠もっていた。

美しい演舞をしながらも、彼女のシューズの中はこうしたムレムレの匂いがしていたのだ。

祐馬は貪るように嗅いでから爪先をしゃぶり、順々に指の間を舐め、もう片方の足も味と匂いを堪能した。

「アア……、くすぐったいわ……」

マリーがヒクヒクと肌を震わせて喘いだ。

すぐ近くのマシンでは、美しい主婦らしい会員が熱心に汗を流している。その息遣いや汗の匂いも漂ってきた。

やがて祐馬は脚の内側を舐め上げ、張りのある内腿をたどって股間に迫った。

大股開きにさせて顔を寄せると、

「ああッ……！」

マリーが声を上ずらせて喘いだ。祐馬のみならず多くの人がいる場所だから、羞恥もひときわ大きいだろう。

割れ目からはみ出す陰唇も僅かに開き、濡れた膣口の襞と光沢《こうたく》あるクリトリスが覗いていた。

誰もが、彼女の軽やかな演舞を見て、股を開いたときにこの中身を想像していたことだろう。

祐馬も、マリーの中心部にギュッと顔を埋め込み、柔らかな茂《しげ》みに鼻を擦《こす》りつけた。隅々には汗の匂いが甘ったるく濃厚に籠もり、それにうっすらとした残尿臭と、チーズ臭も入り交じって鼻腔を刺激してきた。

「いい匂い……」

祐馬は言いながら何度も深呼吸し、ハーフ美女の体臭で胸を満たした。

舌を這わせると、やはり淡い酸味のヌメリが溢《あふ》れ、彼は膣口の襞を掻き回してクリトリスまで舐め上げた。

「あう、いい気持ち……」

マリーが身を反らせて呻き、内腿でキュッと彼の顔を挟み付けた。

祐馬はチロチロと弾くようにクリトリスを舐めては、溢れてくる蜜をすすり、さらに両脚を浮かせて尻の谷間に迫った。

やはり年中緊張したり力んだりしているせいか、ピンクの蕾はややレモンの先のように突き出て艶《なま》めかしかった。美人スケーターのこんな部分が、誰がこのようだと想像することだろう。

鼻を埋めて嗅ぐと、ほのかに生々しい刺激が汗の匂いに混じって鼻腔をくすぐってきた。祐馬は胸いっぱいに吸い込んでから舌先で蕾を舐め回し、ヌルッと潜り込ませて粘膜を味わった。

「く……、ダメよ、そんなこと……」

マリーが朦朧としながら呻き、モグモグと肛門を締め付けてきた。アメリカでは、この部分まで舐めてもらっていないのだろう。

祐馬は舌を蠢かせてから引き抜き、脚を下ろして再び割れ目を舐め回した。

愛液は大量に溢れ、舐め取りながらクリトリスに吸い付くと、

「い、いっちゃいそう……！」

マリーが身を弓なりに反らせ、激しく悶えた。

祐馬はようやく股間から離れて仰向けになり、彼女の顔をペニスの方へと押しやった。

彼女もすぐに移動し、張りつめた亀頭にしゃぶり付いてきた。

栗色の髪がサラリと下腹をくすぐり、彼女は熱い息で恥毛をそよがせながらスッポリと喉の奥まで呑み込み、頬をすぼめて吸った。口の中ではクチュクチュと舌が蠢き、ペニス全体は生温かな唾液にまみれて震えた。

「ああ、気持ちいい……」

祐馬も最大限に膨張《ぼうちょう》し、下からズンズンと小刻みに股間を突き上げ、清らかな唇の摩擦に高まった。

「ンン……」

マリーも深々と含んで懸命に吸い、やがて苦しげにスポンと引き離した。

「跨いで入れて」

手を引いて言うと、マリーも素直に身を起こしてペニスに跨がり、先端を濡れた膣口に受け入れていった。

「アアッ……、すごいわ……」

ヌルヌルッと一気に根元まで受け入れた彼女は、顔を仰け反らせて喘ぎながらキュッときつく締め付けてきた。さすがにアスリートは締まりが抜群で、蠢く肉襞も実に心地よかった。

マリーは彼の股間にぺたりと座り込み、味わうようにキュッキュッと締め付けてから身を重ねてきた。

祐馬も抱き留め、すぐにもズンズンと股間を突き上げながら、下からマリーに唇を重ね、舌を挿し入れていった。

「ンンッ……！」

マリーも熱く鼻を鳴らして舌をからめ、突き上げに合わせて腰を動かしはじめた。大量の愛液が動きを滑らかにさせ、彼の陰嚢から肛門の方にまで生温かく伝い流れ、ピチャクチャと卑猥《ひわい》に湿った摩擦音も聞こえてきた。

「もっと唾を出して……」

動きながら言うと、マリーも懸命に乾いた口に唾液を分泌《ぶんぴつ》させ、トロトロと注ぎ込んでくれた。

祐馬は小泡の多いトロリとしたシロップを味わい、うっとりと飲み込んだ。

さらにマリーの開いた口に鼻を押し込んで嗅ぐと、熱く湿り気ある息はほのかなシナモン臭が含まれて新鮮だった。

祐馬はハーフ美女の口の匂いで胸を満たし、急激に絶頂を迫らせた。

「舐めて……」

言いながら彼女の口に鼻を擦りつけると、マリーもヌラヌラと舌を這わせて息を弾ませながら、膣内の収縮を活発にさせていった。

たちまち祐馬は、マリーの清らかな唾液に顔中まみれ、悩ましい匂いに包まれながらオルガスムスに達してしまった。

「い、いく……！」

突き上がる快感に口走りながら、熱い大量のザーメンをドクドクと膣内に注入すると、

「き、気持ちいいッ……、アアーッ……！」

マリーも噴出を受けた途端に絶頂を迎え、ガクンガクンと狂おしい痙攣を開始した。祐馬は心ゆくまで快感を味わい、最後の一滴まで出し尽くしていった。

「ああ、良かった……」

満足しながら突き上げを弱め、祐馬はまだ収縮する膣内でヒクヒクと幹を震わせた。

「アア……、こんなに感じたの初めてよ……」

マリーも声を洩らし、強《こわ》ばりを解いてグッタリと体重を預けてきた。

彼はマリーの喘ぐ口に鼻を押しつけ、唾液と吐息の匂いを吸収しながら、うっとりと快感の余韻を嚙み締めたのだった。

もちろん済んだあとは、マリーの記憶を操作し、大まかなことは忘れさせ、それでも祐馬という男と交《まじ》わった良い思い出を朧気《おぼろげ》に残させることにした。

そして今後の演舞も、ミスなく出来るようにパワーを与えたのだった。

5

「じゃ、服を持ってバスルームに行こうか」

祐馬は身を離したマリーに言い、服を持って身体を支えながらジムを出て女子のバスルームへと向かった。

「大丈夫？　男が入っても……」

マリーは言い、まだ力が入らない様子で彼に支えられながら移動した。

「誰にも見えないから心配ないよ」

「そうね、ジムでも誰も気づかなかったみたいだから……」

言うと、彼女もすっかり祐馬のパワーに影響されて納得し、やがて女子更衣室の奥にあるバスルームに入った。

そこもジムに通っている若妻たちが何人かいて、身体を洗ったりサウナに入ったりしていて、甘ったるい女の匂いが濃厚に立ち籠《こ》めていた。

もちろん誰も、入ってきた祐馬には気づいていない。バスルームでもストレッチする人がいるのか、エアーマットが立てかけられていた。

それを彼は洗い場に敷き、仰向けになった。

するとマリーがボディソープで彼のペニスをヌルヌルと洗ってくれ、自分も割れ目を洗った。

心地よい刺激に、たちまち祐馬自身はムクムクと回復していった。

「ね、みんなもこっちへ来ていじって」

祐馬が声を掛けると、他の女性たちも気づき、祐馬の回りに集まってきた。

「まあ可愛い坊やね」

彼女たちは歓声を上げ、マリーと一緒になって彼の身体中を撫《な》で回してきた。

いるのは、洗い場にいた二人と、サウナから汗まみれで出て来た一人。マリーを入れて全部で四人だった。剣道部トリオを相手にしたときよりも一人多い。

みな二十代半ばから三十代前半の主婦ふうで、巨乳もいるしぽっちゃり型もいて、誰も整った顔立ちをして魅惑的だった。

彼女たちは湯を掛けて祐馬のボディソープを洗い流し、遠慮なく取り囲んで屈《かが》み込んできた。

「ね、しゃぶらせてね」

「若い男の子なんか初めてよ」

彼女たちは言いながら、代わる代わる回復したペニスにしゃぶり付き、待っているものは彼の乳首を舐めたり唇を重ねたりしてきた。

舐め方もそれぞれで、痛いほど強く吸うものもいれば、陰嚢を吸ったり、脚を浮かせて肛門を舐めてくれるものもいた。

祐馬は、順々に彼女たちと舌をからめ、生温かな唾液で喉を潤した。

吐息も、甘酸っぱい人もいれば花粉臭もいて、みな魅惑的で、彼はピンピンに勃起していった。

「ね、マリー、跨いでオシッコして……」

祐馬は高まりながら言い、彼女を呼んで顔にしゃがみ込ませた。

「いいの……？」

マリーも素直に跨がり、尿意を高めながら言った。そして彼が下から割れ目を舐め回すと、すぐにもマリーはチョロチョロと放尿してくれた。

「アア……、変な気持ち……」

彼女は膝《ひざ》を震わせながら喘ぎ、祐馬も淡い味と匂いに包まれながら夢中で喉に流し込んだ。

「まあ、そんなことしているの？　私たちも掛けてあげましょうね」

それを見た主婦たちが言い、みな彼の身体に跨がり、温かなオシッコをかけてくれた。

「ああ……、気持ちいい……」

祐馬は、四人分の混じり合った匂いと温もりを感じながら喘いだ。

マリーの放尿がすぐ済んだので割れ目を舐め、別の人の股間を抱き寄せた。

恥毛に鼻を埋めても大部分の匂いは薄れてしまっているが、オシッコに混じり愛液も大量に溢れてきた。

「アア……、もっと舐めて……」

主婦が、放尿を終えても彼の口に割れ目を擦りつけて喘いだ。

祐馬がクリトリスを舐め、愛液をすすると彼女たちも順々に跨がり、彼は全員分の割れ目を堪能した。

「入れたいわ。構わないかしら……」

順々にしゃぶっていた彼女たちもすっかり淫気を高めて言い、返事も待たずにペニスに跨がってきた。

最初にぽっちゃりした三十代の主婦が、一気にペニスに座り込んだ。

「ああーッ……、いい気持ち……」

ヌルヌルッと根元まで貫《つらぬ》かれ、すぐにも彼女は顔を仰け反らせて絶頂に達してしまった。もちろん長引いても困るので、入れた途端オルガスムスに達するよう祐馬が念じたのだ。

「すごいわ。そんなにすぐいっちゃうの……？」

一人目がガックリと突っ伏し、ヒクヒクと痙攣しているのを見て、次の人が驚いて言った。やがて引き離し、自分が跨がり、スクワットするようにペニスを納めながら股間を密着させてきた。

「あう……、本当、すぐいく……、アアーッ……！」

二人目もキュッと締め付けたと思うと、すぐに達して声を上げた。

そして三人目。みなそれぞれに膣内の温もりや締まり具合も微妙に異なり、どれも祐馬を高まらせた。

三人目もすぐに気を遣《や》り、満足げに力を抜いて身を離した。

最後にもう一度マリーと交わる前に、祐馬は三人の主婦に念入りにペニスを愛撫してもらった。三人はとろんとした眼差しで顔を突き合わせ、ペニスに舌を這わせ、あるいは巨乳でパイズリもしてもらった。

やがて高まり、祐馬はまたマリーに跨がらせ、女上位で交接《こうせつ》してもらった。

「ああッ……！」

マリーも顔を上向けて喘ぎ、キュッときつく締め上げてきた。

すると左右から主婦たちが身を寄せ、まだ快楽を得たいように彼の両手を股間に導いた。彼が左右の割れ目を探ると、もう一人が顔に跨がり、クリトリスを口に押し付けてきた。

四人に攻められると、何やら古事記《こじき》の黄泉《よみ》の国で、鬼たちがイザナミの身体中に乗っている様子を思い出したものだった。

マリーも自分から腰を上下させ、クチュクチュと強烈な摩擦を繰り返した。

「い、いっちゃう……」

マリーが声を上ずらせると、三人の主婦たちもそれぞれガクガクと痙攣して駄目押しの絶頂を迎えたようだった。

祐馬もオルガスムスを迫らせながら、顔から主婦の股間をどかせ、マリーを抱き寄せた。

そして唇を重ねると、左右と上からも主婦たちが顔を寄せて舌を這わせ、祐馬は四人分の唾液を味わい、混じり合った息の匂いで昇り詰めてしまった。

「いく……、アアッ……！」

祐馬は快感に喘ぎ、ありったけのザーメンをマリーの内部にほとばしらせた。

「き、気持ちいッ……！」

マリーも噴出を受け、二度目のオルガスムスを迎え、ガクガクと身悶えた。

彼は膣内の収縮の中、心置きなく最後の一滴まで絞り尽くし、満足しながら硬直を解いていった。

「ああ……」

マリーも声を洩らし、力尽きてグッタリともたれかかり、彼は締まる膣内でヒクヒクと断末魔のように幹を震わせた。

そしてマリーと主婦たちの顔を引き寄せ、かぐわしい吐息を胸いっぱいに嗅ぎながら、うっとりと快感の余韻に浸《ひた》り込んでいった。

「ああ……、気持ち良かったわ……」

「何なの、どうしてこうなったの……」

主婦たちも口々に言いながら、まだ起き上がることも出来ず彼に熟《う》れ肌を密着させて呼吸を整えた。

マリーが、刺激を避けるように、そろそろと股間を引き離していった。

すると、また主婦たちがペニスに群がり、愛液とザーメンにまみれた亀頭に代わる代わるしゃぶり付いてきたのである。

「ど、どうか、もう勘弁……」

祐馬は過敏に反応しながら腰をよじり、刺激から逃れて降参した。

「ああ、若いエキス……」

「主人のは飲みたくないけれど、坊やのは美味しいわ……」

彼女たちは言いながら、ようやく顔を上げて淫らに舌なめずりした。

祐馬も身を起こして身体を流し、四人を置いて出ることにした。

「じゃ、頑張ってね」

マリーに言ってバスルームを出ると、手早く身体を拭いて服を着た。

あとは四人ともごく普通に身体を洗って、何の異常も思い出さずに風呂を出ることだろう。

とにかく自分のパワーで、人から姿を見えなくさせることも、人心を自在に操ることも出来ることが分かった。

これなら世界征服だって可能だろうが、それはやがて生まれてくる救世主の仕事である。

祐馬は、そうした大きな仕事より、今はとにかくこの力を性欲解消のためだけに使いたいと思うのだった。

何事もなく女子更衣室を出た祐馬は、そのまま外に出てジムをあとにした。

そして今度は、どのようなシチュエーションで、どんな美女を攻略しようかと思うのだった。

第六章　異星人との混血美少女

1

「ああ、会いたかったよ……」

祐馬は、ようやく理江と二人きりになって言った。

彼女の部屋である。もちろん彼が操作したこともあり、母親の亜津子は外出中で当分邪魔は入らない。

「私も……」

理江もほんのり頬《ほお》を染めて言い、祐馬は愛《いと》しさが胸に満ち、激しく勃起《ぼっき》していった。

やはり行きずりに出会う美女たちと違い、理江だけは高校時代からの憧れだから思いにも年季が入っている。それに大勢での戯《たわむ》れも贅沢《ぜいたく》な快感だが、やはり秘め事は一対一が良かった。

もちろん世間話など要《い》らないから、彼がすぐにも服を脱ぎはじめると、理江も羞《は》じらいながら脱ぎはじめてくれた。

先に全裸になると、祐馬は彼女の匂いの沁《し》み付いたベッドに仰向《あおむ》けになり、屹立《きつりつ》したペニスを期待にヒクヒクさせた。

やがて理江も一糸《いっし》まとわぬ姿になり、思春期の体臭を甘ったるく揺らめかせてベッドに上ってきた。

「ここに座って」

祐馬は仰向けのまま、自分の下腹を指して言った。

「座るの？　重くないかしら……」

理江も素直に彼の腹に跨《また》がり、言いながらそろそろと座り込んでくれた。

生温かな割れ目が下腹に密着し、心地よい重みが感じられた。

「両脚を伸ばして」

祐馬は、彼女を立てた両膝《りょうひざ》に寄りかからせ、両脚を伸ばさせた。

「あん……」

理江が小さく声を洩《も》らし、片方ずつ脚を伸ばしてきた。身じろぐたび、濡れはじめた割れ目が肌に密着して擦《こす》られ、やがて彼女は全体重を彼にかけた。

「ああ、可愛い匂い……」

祐馬は顔中に美少女の両足の裏を受け止め、生ぬるい汗の匂いに酔いしれた。

指の股の蒸れた匂いを嗅《か》ぐたび、刺激がペニスに伝わり、とんとんと彼女の腰をノックした。

「ダメよ、汚いわ。今日は体育があって汗かいてるの……」

理江がクネクネと腰をよじらせて言い、密着する割れ目のヌメリがさらに増してくるのが分かった。

祐馬は美少女の両の足裏を舐《な》め回し、汗と脂《あぶら》に湿ってムレムレの匂いの籠《こ》もる指の間を充分に嗅いで、それぞれの爪先をしゃぶって舌を割り込ませた。

「あぁッ……！」

理江がくすぐったそうに声を洩らし、彼の口の中で爪先を縮めた。

やがて足の味と匂いを堪能《たんのう》すると、彼は理江の両手を引っ張って前進させた。

理江もそろそろと彼の上を移動し、顔に跨がって和式トイレスタイルでしゃがみ込んできた。

内腿《うちもも》がムッチリと張り詰め、ぷっくりした割れ目が鼻先に迫った。

はみ出した陰唇《いんしん》は、すでにヌメヌメと大量の蜜にまみれていた。

祐馬は彼女の腰を抱き寄せ、股間に顔を埋めた。

柔らかな若草には汗とオシッコの匂いが生ぬるく籠もり、悩ましい刺激が鼻腔《びこう》を掻《か》き回してきた。

彼は何度も鼻を擦りつけて深呼吸し、美少女の体臭を嗅ぎながら舌を這《は》わせていった。ヌメヌメと潤《うるお》う柔肉《やわにく》は淡い酸味を含み、祐馬は膣口《ちつぐち》の襞《ひだ》からクリトリスまで舐め上げた。

「アア……、いい気持ち……」

理江もすぐに喘《あえ》ぎはじめ、思わずギュッと座り込みそうになって両足を踏ん張った。

祐馬はチロチロとクリトリスを舐め、トロリと滴《したた》る清らかな蜜をすすり、さらに白く丸い尻の真下に潜《もぐ》り込んでいった。谷間の蕾《つぼみ》に鼻を埋めると、やはり秘めやかな微香《びこう》が籠もり、悩ましく鼻腔を刺激してきた。

充分に嗅いでから舌先でくすぐるように蕾を舐めて濡らし、ヌルッと潜り込ませて粘膜を味わった。

「あう……、ダメ……」

理江が呻《うめ》き、キュッと肛門で舌先を締め付けてきた。

舌を前後に動かしていると、割れ目からはトロトロと愛液が滴って彼の顔を濡らした。

祐馬はようやく舌を引き抜いて、再び割れ目に戻ってヌメリをすすり、生ぬるい体臭に噎《む》せ返りながらクリトリスに吸い付いた。

「も、もうダメ、いきそう……」

理江がビクッと股間を引き離して言い、とうとう刺激を避けて移動してしまった。祐馬は追わず、理江の顔をペニスへと押しやると、彼女も素直に屈《かが》み込んできた。

大股開きになると理江も真ん中に腹這《はらば》い、熱い息を股間に籠もらせて口を寄せてきた。幹を指で支え、まずは先端をチロチロと舐め回し、尿道口《にょうどうこう》から滲《にじ》む粘液をすすり、張りつめた亀頭をくわえた。

「ああ……」

受け身になった祐馬が快感に喘ぐと、理江もモグモグと喉《のど》の奥まで呑《の》み込み、笑窪《えくぼ》の浮かぶ頰をキュッとすぼめて吸い付き、内部ではクチュクチュと滑《なめ》らかに舌をからめてきた。

たちまちペニスは美少女の生温かな唾液《だえき》にまみれ、絶頂を迫らせて震えた。

「入れて……」

祐馬は充分に高まって言い、彼女の手を引っ張った。

理江もチュパッと口を引き離すと、そのまま前進し、自らの唾液に濡れた先端に割れ目を押し当てた。そして息を詰めて位置を定め、ゆっくりと受け入れながら腰を沈み込ませた。

亀頭が潜り込むと、あとはヌメリと重みに任せ、理江はヌルヌルッと滑らかに根元まで受け入れて座り込んだ。

「アアッ……、すごい……」

彼女が顔を仰《の》け反《ぞ》らせて喘ぎ、股間を密着させてすぐにも身を重ねてきた。

祐馬も抱き留め、僅《わず》かに両膝を立て、ペニスを包み込む美少女の温もりと感触を味わった。

そして顔を上げ、潜り込むようにして彼女の乳首を含んで舐め回した。

胸元や腋《わき》からも、生ぬるく甘ったるい汗の匂いが漂い、嗅ぐたびに膣内のペニスがヒクヒクと歓喜に震えた。

祐馬は左右の乳首を交互に吸い、舌で転がしながら顔中で柔らかな感触を味わった。

さらに腋の下にも鼻を埋め込み、可愛らしい汗の匂いを嗅いで胸を満たし、徐々に股間を突き上げはじめていった。

「ああ……、気持ちいいわ……」

理江も腰を動かしながら喘ぎ、多くの蜜を漏らして動きを滑らかにさせた。もう彼女は挿入の痛みや違和感もなく、すぐにも昇り詰めそうなほど快感を高めているようだ。

祐馬は彼女の白い首筋を舐め上げ、唇に迫った。

「唾《つば》を垂らして……」

囁《ささや》くと、理江も懸命に分泌《ぶんぴつ》させて愛らしい唇をすぼめ、白っぽく小泡の多い粘液をクチュッと吐き出してくれた。

それを舌に受け、彼は生温かなヌメリを味わってからうっとりと飲み込んだ。

「もっと……」

言いながら顔を引き寄せて唇を重ねると、理江もトロトロと口移しに注ぎ込んでから、舌をからめてくれた。

美少女の口の中は今日も甘酸っぱい果実臭が満ち、祐馬はかぐわしい息を嗅ぎながら唾液をすすり、滑らかに蠢《うごめ》く舌を舐め回した。

「ンン……」

その間に突き上げが激しくなると、理江も熱く呻きながら腰を遣《つか》い、動きに合わせてクチュクチュと湿った摩擦音を響かせた。

さらに彼は美少女の口に鼻を押しつけて、唾液と吐息の匂いで鼻腔を満たしながら激しく律動《りつどう》した。すると理江も舌を這わせ、ヌラヌラと彼の鼻の穴を舐め回してくれた。

「い、いっちゃう……、アアッ……！」

たちまち祐馬は絶頂に達し、大きな快感に貫《つらぬ》かれながら喘いだ。同時にありったけの熱いザーメンをドクドクと注入すると、

「ああッ……、き、気持ちいいッ……！」

噴出《ふんしゅつ》を感じた理江も同時にオルガスムスに達したらしく、声を上ずらせて激しく口走った。膣内の収縮が活発になり、祐馬は心ゆくまで快感を味わい、最後の一滴まで出し尽くしていった。

満足しながら突き上げを弱めていくと、

「ああ……、良かったわ……」

理江も満足げに声を洩らし、肌の強《こわ》ばりを解いてグッタリと体重を預けた。

まだ膣内が息づくような収縮を繰り返し、刺激されるたびに射精直後のペニスがヒクヒクと過敏に内部で跳ね上がった。

理江も、これで毎回セックスするたびに膣感覚での絶頂を得ることだろう。

祐馬は美少女の重みと温もりを受け止め、かぐわしい息を嗅ぎながら、うっとりと快感の余韻《よいん》を嚙《か》み締めたのだった。

2

「本当に大丈夫なのですか……」

祐馬は、玲香の呼び出しを受けて神社の離れに来ていた。彼女も、きっちりと巫女《みこ》の衣装に身を包み、長い黒髪を束《たば》ねていた。

「ええ、研究書も仕上げたし、もう思い残すことはないわ」

玲香が、穏やかな口調で言った。

「でも……」

「待ちきれないの。今日お願い」

「分かりました。では」

祐馬も頷《うなず》いて答え、どんなことが起きるか分からないが、それが二人の運命と思ってすることにした。

彼が服を脱ぎ去ると、玲香は白い衣《ころも》の胸元を開いて乳房をはみ出させ、赤い袴《はかま》の裾《すそ》をめくりスラリとした脚を露《あら》わにして布団に横たわった。

神妙な面持ちで、全裸にならず清らかな衣装のまま交《まじ》わるつもりらしい。

祐馬は例によって足に屈み込み、素足の裏に舌を這わせ、指の股に鼻を押しつけて蒸れた匂いを貪《むさぼ》った。

いつものように愛撫《あいぶ》をし、充分に彼女が濡れてから勾玉《まがたま》を膣口に挿入して交接《こうせつ》するつもりだった。

「く……」

指の間に舌を割り込ませると、玲香が小さく呻いてピクリと反応したが、いつものように声は出さず、かなり緊張しているようだった。

それでも両足ともしゃぶり、味と匂いを堪能してから脚の内側を舐め上げ、彼が股間に迫ると、そこは熱く濡れはじめていた。

朱色の袴を完全にめくり上げ、白くムッチリした内腿を舌でたどり、割れ目に迫っていくと、顔中を熱気と湿り気が包み込んだ。

指で陰唇を広げると、中はヌメヌメと愛液に潤い、真珠《しんじゅ》色のクリトリスもツンと大きく突き立っていた。

祐馬は顔を埋め込み、茂《しげ》みに鼻を擦りつけ、すっかり馴染《なじ》んだ汗とオシッコの匂いを貪り、舌を這わせていった。

トロリとした淡い酸味の蜜を味わい、息づく膣口から光沢《こうたく》あるクリトリスまで舐め上げていくと、

「アア……！」

ようやく玲香が熱く喘ぎ、ビクリと顔を仰け反らせて彼の顔を内腿でキュッときつく挟み付けてきた。

祐馬はチロチロと弾《はじ》くようにクリトリスを舐め、さらに脚を浮かせて尻の谷間にも鼻を埋め込んだ。薄桃色の蕾に籠もった微香を貪り、舌を這わせて潜り込ませた。

「く……、そこは、いいから……」

玲香が呻いて言い、肛門でキュッと舌先を締め付けてきた。

祐馬は舌を蠢かせてから再び割れ目に戻り、新たな愛液をすすってクリトリスに吸い付いた。

「わ、私も、入れる前に舐めたい……」

と、玲香が身を起こして言い、祐馬も股間から離れて彼女の口にペニスを突き出した。玲香は張りつめた亀頭にしゃぶり付き、熱い息を股間に籠もらせながら吸引と舌の蠢きを繰り返した。

「ああ……、いい気持ち……」

祐馬も快感に喘ぎ、美女の生温かな口の中で、清らかな唾液にまみれた肉棒を最大限に膨張《ぼうちょう》させた。

やがて彼が高まると、玲香はスポンと口を離し、再び仰向けになった。

「いいわ、入れて……」

「はい。では……」

言われて、祐馬は勾玉を手にし、通してあった紐《ひも》を抜き取った。

三センチほどの勾玉は、エーリアンの愛液を固めたもので、中に卵子が入っている。

それを、彼は玲香の割れ目に押し当て、ゆっくりと膣口に押し込んでいった。

「アア……、入ってくる……。温かく、溶けていくみたい……」

玲香が目を閉じて言い、やがて勾玉は自ら潜り込むように深々と没した。

やがて祐馬は股間を進め、先端を膣口に押し当て、正常位でゆっくりと挿入していった。

「アア……、押し込まれる……」

玲香が、さらに入ってくる勾玉を感じて喘いだ。

しかし祐馬の先端に、硬いものは触れていない。すでに勾玉は玲香の温もりと愛液に溶けはじめて、子宮《しきゅう》に侵入しているのかも知れない。

とにかく彼は、いつもの感触を得ながらヌルヌルッと根元まで押し込み、股間を密着させ身を重ねていった。

「温かいわ。溶けた玉が、子宮の中に広がっていく……」

玲香が未知の感覚を探りながら言い、恍惚《こうこつ》の表情を浮かべた。

祐馬は屈み込み、衣からはみ出した乳首を含んで吸い、舌で転がしながら柔らかな膨《ふく》らみを顔中で味わった。

左右の乳首を味わい、さらに乱れた衣の中に潜り込み、甘ったるい汗の匂いの籠もる腋の下にも鼻を埋め、美女の体臭に噎せ返った。

やがて彼は玲香の肩に手を回し、首筋に顔を埋め込みながら徐々に腰を突き動かしはじめた。

「アア……、いい気持ち……」

玲香が喘ぎ、下から両手を回してしがみついてきた。

祐馬は彼女の白い首筋を舐め上げ、喘ぐ唇に迫った。玲香は薄化粧をし、唇が赤くヌメヌメしていた。綺麗な歯並びが覗き、開いた口からは熱く湿り気ある、花粉臭の甘い息が洩れていた。

彼は鼻を押し当てて胸いっぱいに美女の息を嗅ぎ、興奮を高めて律動を早めていった。

すでに子宮内で溶けている勾玉の影響を受けているのか、玲香の匂いはさらにかぐわしく変化し、膣内の収縮も実に艶《なま》めかしいものに変わっていた。

愛液も大量に溢《あふ》れて動きを滑らかにさせ、クチュクチュと湿った音が聞こえはじめた。

「い、いきそう……」

「いいわ。中にいっぱい出して……」

高まった祐馬が許可を求めるように口走ると、玲香もクネクネと身悶《みもだ》えながら熱く答えた。祐馬も、この先どんな運命が待っているか分からないが、快感に任せて一気にフィニッシュを目指していった。

「く……、いく、気持ちいい、玲香さん……！」

祐馬は大きな絶頂の快感に口走りながら、自分にとって最初の女性の内部に、ドクドクと勢いよく熱い大量のザーメンをほとばしらせてしまった。

「ああッ……！　いく……！」

噴出を感じた途端、玲香もオルガスムスのスイッチが入ったように声を上ずらせ、彼を乗せたままガクガクとブリッジするように腰を跳ね上げた。

膣内の収縮も最高潮になり、祐馬は心地よい摩擦と温もりの中、心置きなく最後の一滴まで出し尽くしていった。

やがて祐馬は満足しながら徐々に動きを弱めてゆき、キュッキュッと締まる膣内でヒクヒクと過敏に幹を震わせ、玲香の熱く甘い息を嗅ぎながら余韻に浸《ひた》り込んでいった。

「命中したわ……、胎児の意識が、流れ込んでくる……、すごい……」

「だ、大丈夫……？」

玲香の言葉に、祐馬は心配になって訊《き》いた。エーリアンの意識など、人間に理解できて、その量も彼女の脳で受けきれるのだろうか。

「大丈夫よ、すごい力と愛に満ちている……」

玲香がうっとりと言い、いつしか肌の硬直を解いてグッタリと身を投げ出していた。

祐馬も呼吸を整え、そろそろと股間を引き離した。するとあんなに濡れていた愛液が乾《かわ》き、まるで全てのヌメリを割れ目が吸収したように、ペニスも湿っていなかった。

「中で、どんどん育っているわ。もう、あとは一人にさせて」

「い、いいんですか。僕は帰っても……」

「ええ、この子と二人きりで、山ほど話すことがあるから。また来てほしいときはメールするわ」

「わ、分かりました。それほど言うなら引き上げますが、いちおう毎日無事かどうか連絡下さいね」

祐馬は言い、名残《なごり》惜しいまま起き上がって身繕《みづくろ》いをした。そして彼女の衣と袴の乱れを直してやり、布団を掛けた。

「いいですか。必ず毎日、いえ、半日に一回はメール下さい。何かあればすぐ飛んできます」

「ええ、分かったわ。どうも有難う」

玲香は答え、すでに全ての意識は胎児に向いているようだった。

何かあっても、医者などには行けないだろう。あとは全て、異星人と地球人とのハーフである胎児の意思に任せるしかない。

「じゃ行きますよ。くれぐれもお大事に。ではまた」

祐馬は言うと、横になっている玲香をそのままに立ち上がり、そっと部屋を出て行ったのだった……。

3

「まあ良かった。来てくれて嬉しいわ。ちょうど理江はいないのよ」

祐馬が木崎家を訪ねると、亜津子が出て顔を輝かせた。

もちろん彼は、今日は理江ではなく豊満な美熟女に甘えたくて、亜津子を求めてきたのであった。

あれから毎日、日に二回は玲香からのメールはあるが、異常なしとの素っ気《そっけ》ないものばかりだった。妊娠したのは確実なのに、祐馬はどうすることも出来ず気が気でなかった。

だから玲香に呼ばれたわけでもないのに、神社を訪ねていこうとしたが、どうしても道に迷って行き着けないのである。

恐らく玲香か胎児の意思で、バリヤーが張られてしまったのだろう。

最も深い関係者である自分が排除され、祐馬は哀しかった。しかし胎児を宿《やど》した玲香は、今は祐馬など問題にならないほど強大な力を持ちはじめているのかも知れない。

それで、美しい亜津子に縋《すが》りたい思いだったのである。

彼はすぐにも寝室に招かれ、気が急《せ》くように服を脱ぎ去った。

亜津子も世間話などより淫気《いんき》に囚《とら》われ、同じく手早く脱いで一糸まとわぬ姿になった。

一緒にベッドに横たわると、祐馬は甘えるように腕枕してもらい、腋の下に鼻を埋めて甘ったるい濃厚な体臭に噎せ返った。

「アア、可愛い……、会いたくて堪《たま》らなかったのよ……」

亜津子が感極まったように言い、彼の顔をきつく巨乳に抱きすくめた。

祐馬も顔を移動させ、チュッと乳首に吸い付いて舌で転がし、顔中を柔らかな膨らみに埋め込んだ。

そして舌と吸引だけでなく、前歯でもコリコリと軽く刺激し、左右の乳首を存分に愛撫した。

「ああッ……、もっと強く嚙んで、何をしても構わないわ……」

亜津子がクネクネと熟《う》れ肌を悶えさせ、熱く喘ぎながら言った。

祐馬ものしかかり、両の乳首と腋を心ゆくまで味わい、やがて滑らかな肌を舐め下りていった。

形良い臍《へそ》を舐め、張り詰めた下腹から豊満な腰、ムッチリした太腿《ふともも》へ下り、足首までたどっていった。

足裏を舐め回し、指の股に鼻を押しつけて嗅ぐと、今日も蒸れた匂いが濃厚に沁み付いていた。もちろん彼がそのように仕向けたのだが、ことさら不自然な濃度にはせず、あくまで本来の亜津子の匂いにとどめておいた。

両足とも嗅ぎ、爪先をしゃぶって全ての指の股を味わってから、彼は亜津子をうつ伏せにさせた。

色白で豊満な亜津子は、後ろ姿も魅惑的なのだ。

脹《ふく》ら脛《はぎ》やヒカガミも色っぽく、彼は踵《かかと》から尻まで舐め上げ、汗の味のする滑らかな腰から背中を舐め、髪の匂いを嗅いでから再び豊かな尻に戻った。

両の親指でグイッと谷間を広げ、奥でひっそり恥じらうようにつぼまった肛門に鼻を埋めると、やはり秘めやかな微香が籠もっていた。

悩ましい匂いを貪り、舌を這わせてヌルッと押し込むと、

「あう……！」

亜津子が顔を伏せたまま呻き、キュッと肛門で舌先を締め付けてきた。

祐馬は滑らかな粘膜を味わい、顔中を双丘《そうきゅう》に密着させて心ゆくまで堪能してから、ようやく顔を上げて再び彼女を仰向けにさせた。

片方の脚をくぐって股を開かせ、白く量感ある内腿を舐め上げて股間を見るとそこはすでに粗《そ》相《そう》したように大量の愛液が溢れていた。

興奮に濃く色づいた陰唇を指で広げると、膣口の襞は白っぽく濁《にご》った本気汁にまみれ、かつて理江が生まれ出てきた穴が妖《あや》しく息づいていた。

光沢あるクリトリスも、亀頭を小さくした形をして突き立ち、股間全体に生ぬるい体臭が渦巻くように籠もっていた。

堪らずに顔を埋め込み、黒々と艶《つや》のある茂みに鼻を擦りつけると、甘ったるい汗の匂いとほのかな残尿臭、それに愛液の生臭《なまぐさ》い成分が入《い》り交《ま》じって鼻腔を刺激してきた。

祐馬は何度も深呼吸して美熟女の体臭で胸を満たし、舌を這わせて淡い酸味のヌメリをすすった。膣口の襞を掻き回して柔肉をたどり、クリトリスまで舐め上

げていくと、

「アアッ……、いい……！」

亜津子が身を弓なりに反らせ、彼の顔を内腿で挟み付けながら喘いだ。

彼も豊満な腰を抱えながら執拗《しつよう》にクリトリスを舐め、上の歯で包皮《ほうひ》を剝《む》いてチュッと吸い付いた。

「あうう……、ダメよ、すぐいきそう……。今度は私がしてあげるわ……」

亜津子が腰をくねらせて言い、懸命に身を起こしてきた。

祐馬も味と匂いを堪能すると股間から離れ、仰向けになっていった。

彼女は祐馬の乳首を吸い、熱い息で肌をくすぐりながら軽く嚙み、やがて肌を舐め下りていった。

そして自分がされたように、まずは彼の両脚を浮かせて尻の谷間を舐め、舌をヌルッと潜り込ませてきた。

「く……、気持ちいい……」

祐馬は妖しい快感に呻き、美女の舌を肛門でモグモグと締め付けた。

亜津子も充分に中で舌を蠢かせてから、脚を下ろして舌を引き抜き、そのまま陰囊《いんのう》をしゃぶり、唾液にまみれさせてから、ゆっくりと肉棒の裏側を舐め上げてきた。

そして先端を舐め回し、尿道口の粘液を舌で拭《ぬぐ》い取ってから、丸く開いた口でスッポリと喉の奥まで呑み込んだ。

「アア……」

祐馬は温かく濡れた美女の口に根元まで含まれて喘ぎ、唾液にまみれた幹をヒクヒク震わせた。

「ンン……」

亜津子も熱く鼻を鳴らし、息で恥毛《ちもう》をくすぐりながら吸い付き、執拗に舌をからめては顔を上下させてスポスポと摩擦した。

祐馬が高まって言うと、亜津子もスポンと口を引き離して顔を上げ、そのまま前進してペニスに跨がってきた。濡れた割れ目を先端にあてがい、息を詰めて腰を沈めると、ペニスはヌルヌルッと根元まで呑み込まれていった。

「いきそう……、入れて……」

「ああッ……、いいわ、奥まで当たる……」

完全に座り込んだ亜津子が顔を仰け反らせて喘ぎ、密着した股間をグリグリと擦りつけた。白い腹部がうねうねと躍動《やくどう》し、巨乳が揺れ、何とも艶めかしい眺《なが》めだった。

祐馬も肉襞《にくひだ》の摩擦と温もり、きつい締め付けに包まれて快感を味わい、両手を伸ばして彼女を抱き寄せた。

亜津子も完全に身を重ね、股間をしゃくり上げるように動かしはじめた。

彼もしがみついてズンズンと股間を突き上げ、下から唇を求めていった。

舌をからめると、生温かな唾液がトロトロと注がれ、彼はうっとりと喉を潤しながら甘い息を嗅いだ。

今日も亜津子の息は熱い湿り気を含み、白粉《おしろい》のような甘い刺激が感じられた。

「顔中舐めてヌルヌルにして……」

「汚いわ。いいの？」

せがむと、亜津子も息を弾《はず》ませながら言い、腰を遣いながら大胆に舌を這わせてくれた。祐馬は甘い匂いに包まれながら顔中ヌラヌラと美女の唾液にまみれ、股間の突き上げを激しくさせていった。

「い、いっちゃうわ、気持ちいい、アアーッ……！」

たちまち亜津子がオルガスムスに達して喘ぎ、ガクンガクンと狂おしい痙攣《けいれん》を開始した。

続いて祐馬も、膣内の艶めかしい収縮に巻き込まれて絶頂を迎え、大きな快感とともに熱いザーメンを勢いよく注入した。

「あう、熱いわ。もっと出して……！」

噴出を受け止めた亜津子が、駄目押しの快感を得たように口走り、さらにキュッキュッときつく締め上げてきた。

祐馬は心ゆくまで快感を味わい、最後の一滴まで絞り尽くした。

そして突き上げを弱めながら、満足して身を投げ出していくと、

「ああ……、溶けてしまいそう……」

亜津子も声を洩らし、徐々に熟れ肌の強ばりを解いてグッタリともたれかかってきた。

祐馬は美熟女の重みと温もりを受け止め、まだ収縮する膣内でヒクヒクと過敏に幹を震わせた。そして唾液と吐息の甘い匂いを嗅ぎながら、うっとりと快感の余韻を噛み締めた。

「ね、こんなに気持ちいいこと、理江にも教えてあげて……」

荒い呼吸を繰り返しながら、亜津子が驚くべきことを言った。どうやら、理江も抱いて良いらしい。

もっとも何度もしているが、亜津子はまるで気づいていないようだ。

そして娘の恋人となると、さらに密会の興奮が増すと思っているようで、祐馬は彼女の貪欲《どんよく》さに圧倒される思いだった……。

4

「こ、これが生まれた彼女……？　そ、そんなバカな……！」

五日ぶりに玲香の呼び出しを受け、神社の離れに来た祐馬は驚きに目を見張り声を震わせた。

巫女姿の玲香の隣に座っているのは、やはり巫女の衣装に身を包んだ長い黒髪の、十六、七歳ぐらいの美少女ではないか。

「珠希《たまき》、と名付けたわ」

玲香が、笑みを含んで言い、美少女もじっと祐馬を見つめ、アルカイックスマイルを浮かべていた。

「だって、五日間でこんなに成長するなんて……」

祐馬は、玲香が別の少女を呼んで彼をからかっているのだろうと思った。

「本当よ。あなたとセックスして、数時間でおなかが膨れて生まれ出たわ。破水《はすい》も出血もなく、本当に玉のような感じで」

「そ、そんな……」

「あとは、みるみるこの姿まで成長したわ。かぐや姫以上のスピードだわ。言葉は発しないし、飲み食いや排泄《はいせつ》の必要もないけれど、言葉にならない意思が通じているの」

玲香が言う。

珠希は、ただじっと神秘的な眼差しを祐馬に注いでいるだけだった。してみると玲香が彼に異常なしというメールを送っていたのは、心配をかけないためと、自身も成り行きが未知だったからだろう。

「全知全能の救世主よ。何をさせたら良いと思う？」

玲香が、あらたまった口調で言った。

「それは……」

訊かれて、祐馬も混乱しながら頭を巡らせた。

「世界中の武器を使えないようにして、一切の暴力を誰も振るえないようにするというのは？　あと数多くの冤罪《えんざい》や、迷宮入りの解明」

「いいわね。もっと考えて」

玲香が言い、祐馬も恐れ以上に珠希の肉体に興味を覚えた。黒髪に黒い瞳、全く純粋な日本人顔の超美少女だ。

「言うことをきいてくれるかな」

「もちろんよ。父親なのだから」

恐る恐る言って珠希ににじり寄ると、玲香が答えた。

「珠希、口を開いて」

言うと、珠希は可憐《かれん》な口を開いてくれた。食事しないということだが、白く綺麗な歯並びやピンクの舌もある。

内臓はどうなっているのだろう。見えている部分だけ人と同じで、中身は全く違うのかも知れない。そもそも、五日で十五年分以上成長したのだから、人と同じ構造のわけがなかった。

珠希の開かれた口からは、熱く湿り気ある息が吐き出され、それは何とも清らかで可憐な果実臭がしていた。

「珠希、全部脱いで見せてあげなさい」

玲香が言うと、すぐにも珠希は立ち上がって手早く紐を解いて朱色の袴を脱ぎ去った。そして白い衣を脱ぐと、たちまち一糸まとわぬ姿になって布団に仰向けになった。

肌は透《す》けるように白く、乳首も乳輪も初々しい薄桃色だった。

ちゃんと愛らしい縦長《たてなが》の臍もあり、ぷっくりした股間の翳《かげ》りも淡かった。

見た目は全く人と同じで、ムッチリして滑らかな太腿には、うっすらと細かな血管も透けて見えていた。

「見せて」

祐馬は言って腹這い、珠希に股を開かせて顔を寄せた。

珠希も、ためらいなく脚をM字にして大きく広げてくれた。清らかな割れ目が開かれ、ピンクの花びらがはみ出している。そっと指を当てて陰唇を左右に広げると、中も綺麗なピンクの柔肉。

花弁状の襞の入り組む膣口が息づき、ちゃんとポツンとした尿道口もあり、包皮の下からは小粒のクリトリスも、光沢ある顔を僅かに覗かせていた。

堪らずに、彼は顔を埋め込んでしまった。

柔らかな若草に鼻を擦りつけて嗅ぐと、ほのかに甘い体臭が生ぬるく籠もっているが、残尿臭は感じられなかった。

両脚を浮かせ、可憐な薄桃色の肛門に鼻を埋めて嗅いでも、ここも排泄していないだけあり何の匂いも籠もっていなかった。

脚を下ろして割れ目内部に舌を挿《さ》し入れ、クリトリスまで舐め上げても、珠希はピクリとも反応しなかった。

クリトリスをチロチロと刺激しながら目を上げると、珠希はじっと彼を見つめて不思議そうに小首を傾《かし》げていた。

どうやら感じてはおらず、濡れることもなかったので、祐馬は美少女の股間から顔を上げた。

「見た目は人でも、セックスするようには出来ていないみたい」

玲香が言い、見ているうち淫気を催《もよお》したか、彼女も巫女の衣装を脱ぎ去って全裸になってくれた。

もちろん祐馬も、我が子とはいえとびきりの美少女を舐めて激しく勃起し、手早く服を脱ぎ去っていった。

「すごく勃《た》ってる。いいわ、私がするから」

玲香が言い、仰向けになった祐馬のペニスにしゃぶり付き、彼も玲香の下半身を求めて引き寄せ、女上位のシックスナインの体勢になってもらった。

「ンン……」

玲香がスッポリとペニスを根元まで呑み込んで呻き、熱い鼻息で陰嚢をくすぐりながら吸い付き、執拗に舌を蠢かせてきた。

祐馬も下から玲香の腰を抱えて引き寄せ、潜り込むようにして茂みに鼻を擦りつけて嗅ぎ、汗とオシッコの匂いを貪ってから、濡れはじめている割れ目を舐め回した。

さらに伸び上がり、息づく肛門に鼻を押しつけて生ぬるい微香を嗅ぐと、その刺激にペニスが彼女の口の中でヒクヒクと震えた。

やがて祐馬は玲香の前も後ろも嗅いでからクリトリスを舐め回し、溢れる愛液をすすった。

玲香もスポスポと顔を上下させ、濡れた唇で充分に摩擦し、唾液に滑《ぬめ》らせてからチュパッと口を引き離した。

彼女が身を起こして向き直り、女上位で跨がってヌルヌルッと一気にペニスを膣口に呑み込んでいった。

「アアッ……、いい……」

玲香が顔を仰け反らせて熱く喘ぎ、キュッときつく締め付けながら身を重ねてきた。祐馬も根元まで深々と柔肉の奥に納まり、快感を嚙み締めながら彼女を抱き留めた。

そして顔を上げ、左右の乳首を交互に含んで舐め回し、腋の下にも鼻を埋めて甘ったるく濃厚な汗の匂いに噎せ返った。

玲香が、すぐにも腰を遣いはじめ、何とも心地よい摩擦に彼もズンズンと股間を突き上げた。

さらに祐馬は、傍《かたわ》らにいる珠希も添い寝させ、顔を抱き寄せて、三人で唇を重ねた。実際は親子三人なのだが、もちろんそんな実感はなく、彼から見れば魅惑的な美女と美少女だった。

「ンン……」

玲香が熱く鼻を鳴らしてネットリと舌をからめると、珠希もチロチロと舌を蠢かせてくれた。

祐馬は、二人分の舌を舐め回し、混じり合った生温かな唾液をすすってうっとりと喉を潤した。

ミックスされた吐息も、かぐわしく鼻腔を刺激して胸に沁み込んだ。

「舐めて……」

言うと、玲香と珠希がヌラヌラと彼の鼻や頬に舌を這わせ、たちまち顔中が二人分の清らかな唾液でヌラヌラとまみれた。

祐馬は玲香の花粉臭の息と、珠希の果実臭に酔いしれながら、あっという間にオルガスムスに達してしまった。

「く……！」

突き上がる快感に呻き、ありったけの熱いザーメンをドクドクと内部にほとばしらせると、

「い、いく……、アアーッ……！」

噴出を感じた玲香も絶頂に達して喘ぎ、ガクガクと狂おしい痙攣を開始した。

祐馬は、収縮する膣内に心置きなく最後の一滴まで出し尽くし、満足しながらグッタリと力を抜いた。

「ああ……、いい気持ち……」

玲香も満足げに声を洩らし、強ばりを解いて遠慮なく彼に体重を預けた。

珠希のみ物静かに成り行きを見つめ、祐馬は二人分の艶めかしい息の匂いを嗅いで余韻を味わった。

「これで、当分お別れだわ」

「え……？」

玲香が言い、思わず祐馬は聞き返した。

「この子を連れて中央に乗り込んで陰の指導者となり、この国を世界の盟主《めいしゅ》にするため行動を起こすの」

「ぼ、僕は……？」

「祐馬は、来年東大に入って、やがて卒業して官僚になったときに再会して、いろいろと一緒に仕事してもらうわ。それまで会えないから我慢して」

「そんな……」

祐馬は寂しげに言い、思わず玲香と珠希の顔を見つめたのだった。

5

「まあ、祐馬さん。会えて嬉しいわ」

祐馬が神社を訪ねると、先に由紀子に見つかってしまった。彼女は歓迎して、祐馬を母屋《おもや》の自室へと招き入れた。

あれから数日経《た》っていた。

玲香からのメールは途絶《とだ》え、彼が送信しても、もう通じなくなっていたのだ。

祐馬のパワーは衰えていないから、恐らく今後とも好き勝手な行動をして好みの女性を抱けるだろうし、玲香が望んだ通り東大に入って官僚にもなれることだろう。

それでも、やはり直《じか》に玲香に会いたいし、我が娘である珠希も気になって、それで訪ねて来てしまったのだ。

しかし、まずは先に由紀子に迎えられ、祐馬は甘い匂いに淫気を催した。

「主人は子供を連れて自分の実家に行ってるの。私も夜には行くのだけれど」

由紀子が、すぐにも脱ぎながら言う。旦那の実家も遠くないようで、由紀子は自分だけ買い物をしていったん戻ったところのようだった。

祐馬も全て脱ぎ去り、敷かれた布団に横たわった。

たちまち由紀子も一糸まとわぬ姿になり、白く滑らかな熟れ肌を弾ませて添い寝してきた。

彼は甘えるように腕枕してもらい、まずは色っぽい腋毛の煙《けむ》る腋の下に鼻を埋め込んで、甘ったるい濃厚な汗の匂いを吸収した。

「アア……、くすぐったいわ……」

由紀子がクネクネと身悶えて言いながら、祐馬の顔をギュッと腋に抱きすくめた。体臭に噎せ返りながら見ると、濃く色づいた乳首からは、今日もうっすらと母乳が滲み出ていた。

充分に嗅いでから顔を移動させ、チュッと乳首に吸い付いて雫《しずく》を舐め、さらに母乳を貪った。

「ああ……、もうあまり出ないかも知れないわ……」

由紀子が喘ぎながら、豊かな膨らみを揉《も》んで分泌を促《うなが》してくれた。

そろそろ出なくなる時期なのだろう。それでも生ぬるく薄甘い母乳が滲み、彼の舌を濡らしてきた。

祐馬は彼女を仰向けにさせてのしかかり、左右の乳首を交互に吸って母乳を貪り、柔らかな膨らみの感触を顔中で味わった。

言う通り、もうそれほどの張りはなく、母乳もこれが最後の頃かも知れない。

彼は堪能してから、滑らかな肌を舐め下りていった。

色づいた臍を舐め、張りのある下腹から腰、ムッチリと量感ある太腿から脚をたどった。

「アア……、汚れているかも知れないわ……」

身を投げ出しながら、由紀子が息を弾ませて言った。買い物でさんざん歩き回り、すっかり全身が汗ばんでいるのだろう。

祐馬は足裏まで行って顔を押し付け、舌を這わせながら指の股に鼻を割り込ませて嗅いだ。そこは汗と脂にジットリ湿り、生ぬるくムレムレの匂いが濃く沁み付いていた。

彼は匂いを貪ってから爪先にしゃぶり付き、順々に指の股にヌルッと舌を挿し入れた。

「あう……、ダメ……」

由紀子はクネクネと身悶えて呻き、祐馬も両足とも味と匂いを貪り尽くした。

そして脚の内側を舐め上げて股間に迫り、内腿を舐め上げていくと、すでに割れ目はヌラヌラと大量の愛液にまみれていた。

先に彼は由紀子の両脚を浮かせ、逆ハート型の豊満な尻の谷間に鼻先を寄せていった。

レモンの先のように僅かに突き出た蕾に鼻を埋めると、汗の匂いに混じり、秘めやかな微香が馥郁《ふくいく》と籠もって鼻腔を刺激してきた。

祐馬は悩ましい匂いで胸を満たし、チロチロと舐めて濡らしてからヌルッと潜り込ませて粘膜を味わった。

「く……！　ダメよ、汚いから……」

由紀子は呻いて言い、キュッときつく肛門で舌先を締め付けてきたが、彼の鼻先の割れ目からは、さらに白っぽく濁った愛液をトロトロと漏らしてきた。

祐馬は舌を蠢かせてから脚を下ろし、そのまま割れ目を舐め上げ、淡い酸味のヌメリをすすった。そして息づく膣口の襞を掻き回し、クリトリスまで舐め上げていった。

「アアッ……、いい気持ち……！」

由紀子がビクッと顔を仰け反らせて喘ぎ、内腿で彼の両頬《りょうほほ》を挟み付けた。

祐馬は豊満な腰を抱えながら茂みに鼻を擦りつけ、汗とオシッコの混じった生ぬるい匂いを嗅いで鼻腔を満たし、さらに執拗にクリトリスを舐め回し、吸い付き続けた。

そして左手の人差し指を、唾液に濡れた肛門に浅く潜り込ませ、右手の二本の指を膣口に挿し入れて、それぞれ内壁《ないへき》を小刻《こきざ》みに擦りながらクリトリスを舌で愛撫した。

「あう、ダメよ、いっちゃいそう……！」

由紀子が声を上ずらせ、前後の穴でキュッキュッと指を締め付けてきた。

さらに祐馬は強くクリトリスを吸い、肛門に入っていた指を出し入れさせるように動かし、膣内の天井を指の腹で圧迫《あっぱく》した。

「き、気持ちいいッ、ああーッ……！」

たちまち由紀子は昇り詰め、ガクガクと腰を跳ね上げて狂おしく悶え、やがてグッタリとなってしまった。

ようやく祐馬も舌を引っ込め、前後の穴からヌルッと指を引き抜いた。

肛門に入っていた指に汚れの付着はなく、爪も曇っていなかったが微香が感じられた。膣内の二本の指は白っぽい粘液でヌルヌルになり、指の間に膜が張るほどで、指の腹は湯上がりのようにふやけてシワになっていた。

彼は添い寝し、荒い呼吸を繰り返している由紀子が息を吹き返すのを待ち、勃起したペニスをグイグイと熟れ肌に押し付けた。

「アア……」

彼女が徐々に自分を取り戻すように小さく声を洩らし、肌に密着するペニスに指を這わせてきた。

「ね、今度は僕にして……」

祐馬は仰向けになり、愛撫をせがむように幹をヒクヒクさせた。

すると由紀子も手のひらに包み込んでニギニギしながら、顔も移動させていった。そして先端を舐め回し、尿道口から滲む粘液をすすり、そのままスッポリと喉の奥まで呑み込んでくれた。

「ああ、気持ちいい……」

祐馬は受け身体勢になり、うっとりと喘いだ。

「ンン……」

由紀子も喉の奥まで呑み込み、熱く鼻を鳴らして息で恥毛をくすぐり、幹を丸く締め付けて吸った。口の中ではクチュクチュと舌がからみつき、たちまちペニスは生温かな唾液にどっぷりと浸った。

「跨いで入れて……」

充分に高まった祐馬は言い、彼女を引っ張り上げた。由紀子も素直にスポンと口を離して前進し、彼の股間に跨がって先端を膣口に受け入れていった。

「あァッ……、いいわ……!」

由紀子が顔を仰け反らせて喘ぎ、根元まで納めてキュッと締め付けた。

そして密着した股間をグリグリ擦りつけたが、いくらも上体を起こしていられず、すぐに身を重ねてきた。

祐馬は、肉襞の摩擦と温もりに包まれながら、両手で抱き留め、ズンズンと股間を突き上げはじめた。

「アア……、もっと突いて、強く奥まで……」

由紀子も腰を遣いながら喘ぎ、グイグイと彼の胸に巨乳を押し付けてきた。

祐馬は下から唇を求め、甘い刺激の息を嗅ぎながら舌をからめ、生温かな唾液をすすった。彼女も執拗に舌を蠢かせ、ことさら多めにトロトロと唾液を注いでくれた。

「い、いく……、ああーッ……！」

たちまち由紀子が声を上げ、あっという間にオルガスムスに達した。ガクガクと狂おしく痙攣しながら膣内を収縮させ、続いて祐馬も大きな絶頂の快感に全身を貫かれていた。

「く……！」

快感に呻き、彼は下から股間をぶつけるように突き上げ、心置きなく最後の一滴まで出し尽くしていったのだった。

「アア……、気持ち良かったわ……」

由紀子も力尽きて声を洩らし、グッタリともたれかかってきた。

祐馬は重みと温もりを受け止め、湿り気ある甘い息を間近に嗅ぎながら余韻を味わった。

「ね、お姉さんは変わったことない？」

呼吸を整えながら、祐馬は訊いてみた。

「え？　お姉さんて？」

「玲香さん、離れに住んでいる」

「いやだ。私は一人っ子よ。だから婿《むこ》養子をもらったのだし、離れは物置になっているわ」

「え……？」

由紀子の言葉に、祐馬は驚いた。

どうやら玲香は、全ての世俗《せぞく》との関係を絶《た》ち、身内の記憶まで無くして中央に乗り込んでいったのだ。

それでも、祐馬の記憶だけはっきりしているので、彼だけは玲香たちも仲間と認めてくれているのが救いだった。

「そう……、僕の勘違いでした……」

祐馬は答え、早く大学を出て中央に進出し、玲香と珠希に再会したいと思ったのだった……。

※この作品は双葉文庫のために書き下ろされたもので、完全なフィクションです。

双葉文庫

む-02-40

女神《めがみ》のしずく

2016年6月19日　第1刷発行

【著者】
睦月影郎《むつきかげろう》

【発行者】
稲垣潔
【発行所】
株式会社双葉社
〒162-8540 東京都新宿区東五軒町3番28号
［電話］03-5261-4818(営業)　03-5261-4833(編集)
www.futabasha.co.jp
（双葉社の書籍・コミックが買えます）
【印刷所】
株式会社亨有堂印刷所
【製本所】
株式会社宮本製本所

【表紙・扉絵】南伸坊
【フォーマット・デザイン】日下潤一
【フォーマットデジタル印字】飯塚隆士

ISBN978-4-575-51900-6 C0193
Printed in Japan